IL DEMONIO DELLO STILE

ALBERTO CANTONI

                    IL DEMONIO DELLO STILE

                         Novella Critica

Ho ricevuto ieri dopo pranzo la vostra amabilissima letterina, e ho passeggiato fino al tocco per pensare alla risposta, che principio ora, mentre vi vedo traversare il mio giardino coi vostri figli e con quella stupenda nutrice amalfitana che vi ho trovato io stesso. Voi avete scelto, come poetica e fiorita, la via più lunga per tornare in carrozza, e le mie cognate, che sono sempre così liete delle vostre visite ma che hanno in uggia il sole, vi lasciano ricondurre al cancello dalla nostra maestra di casa. Costei vi sfodera contro il meno arrugginito dei suoi sorrisi, vi fa la sua riverenza e torna indietro. Andrò avanti io, dunque, non più distratto da quel vostro profilo di statua greca, nè dalle ingenue risate di vostra figlia, che poneva il capo ogni momento in mezzo ai fiori come un bel folletto inghirlandato a festa, nè dalle movenze quasi pittoriche dell'Amalfitana, che vi faceva vedere il bimbo, palleggiandolo in alto con tenerezza di madre.

Voi volete scrivere, mi dite, perchè avete bisogno di distrazione, perchè la vostra bellezza non può durare gran tempo, e soprattutto perchè vi piace di procurarvi una specie di ritiro, ben laico e ben razionale, pei vostri anni cadenti. Questo mi dite chiaro e netto fin dalle prime parole, ma ora se permettete, aggiungerò io tutto quello che ho letto in mezzo alle righe, o altrimenti si rischia di non c'intendere più. Voi volete scrivere, leggo io, perchè vostro marito vi ha appiccicato una piccola parte della sua grandissima ambizione, perchè i vostri figliuoli hanno già di troppo dell'institutrice, delle cameriere e dell'Amalfitana, e soprattutto... qui bisogna guardare di leggere bene... e soprattutto perchè il nostro ingegnosissimo Carlino vi principia già a parere un po' troppo giovine, un po' troppo irrequieto, un po' troppo innamorato dell'arte sua. È vero, ed io non me ne sono già accorto da ora, ma tre o quattro anni fa, cioè a dire quando mi sono imbattuto nel vostro salotto, allorchè ve l'hanno condotto innanzi la prima volta. Ho detto subito: O io mi sbaglio di molto, o questa padrona di casa, che è sempre così gentile, vuole quest'oggi vincere se stessa. Per chi? Per me no certo; s'è principiato a giocare che eravamo vestiti da donna entrambi e ci avrebbe pensato prima.

Per quei due senatori? Sono vecchi. Per le signore? Sono donne. O chi rimane? Rimane Carlino, coi suoi vent'anni e coll'arte che gli sfolgora dagli occhi. Povera amica mia!
Ma questo è un viluppo sul quale ci converrà di ritornare anche troppo. Ora si tratta della vostra lettera. Andiamo avanti.
Dite subito modestamente che per mandare ad effetto il vostro piano vi è mestieri anzi tutto di non farvi nessuna illusione, e cioè di ammettere che voi sino ad ora non avete mai guardato nè voi stessa nè gli altri con quella intensità di osservazione che è pur necessaria a chi voglia rendere bene e gli altri e sè. Io credo invece di potervi dire che il vostro futuro lato debole non sarà punto questo, e che voi non avrete che a riandare le memorie, talvolta un po' troppo azzurre, talvolta un po' troppo tempestose, della vostra vita passata, per avere innanzi quanta messe di affetti e di passioni voi non potreste far capire che in parecchi volumi. Che cosa non avete sperimentato voi giovane ancora? Le caste ebbrezze dell'amor felice, quasi infantile; poi subito la vedovanza, dapprima sconsolata e deserta, poi meno buia, men solitaria, e a grado più libera e più vivace; da ultimo il secondo matrimonio, dove gli strappi sono stati molti di qua e di là, non giova nasconderlo, ma dove almeno sono apparsi due figliuoli, che paiono venuti al mondo espressamente per riconciliarvi un bel giorno e coi troppi ragionamenti che avete fatto ambidue prima di sposarvi, e col soverchio brio coniugale che v'ha balestrati un po' troppo spesso così lontani un dell'altra... e lontani se non del corpo, certamente dell'anima.

Qui mi direte: "Ma quanto più le mie sensazioni sono state molteplici e dolorose, tanto meno m'hanno lasciato libera di badare a me!"

Meglio? rispondo. Guai, guai tre volte ai vostri futuri volumi se voi, nell'essere in alto mare, avreste potuto, per un prodigio di separazione morale, dimezzarvi così bene da poter sentire da una parte ed esaminarvi dall'altra. Bell'accozzo di bollor subitaneo e di rigore critico non ci approntereste voi! Invece, forte ora delle vostre memorie, e rivivendole tutte quando più vi giovi e vi piaccia, voi potrete non solo riedificare il vostro passato, ma ordinarlo eziandio, separando bene un dall'altro tutti i vecchi e principali movimenti dell'anima vostra, e tutte le più singolari attitudini delle persone che avete avuto a fronte. Così, con questa duplice e ben salda base di studio e di lavoro, voi vi abituerete a mettervi ad un tempo e nei panni vostri ed in quelli degli altri, e verrà presto il giorno nel quale meraviglierete assai di avermi scritto che merce della vostra grandissima lettura e della inveterata abitudine di scombiccherare tante letterine il giorno, voi vi aspettate di ritrovarvi altrettanto disimpacciata nell'interpretare e nell'esprimere le vostre fantasie, quanto vi cruccia il pericolo di imbatter male nello scegliere, o peggio ancora, di non saperne azzeccare di nuove. Per le quali ragioni vi siete rivolta a me, come al più studioso degli amici vostri, affinchè vi regga i primi passi, e vi suggerisca, se mi riesce, gli argomenti delle vostre prime novelle.

Perchè voi vi siete determinata di principiare dalle novelle, come quelle che vi paiono le cose più tenui e più facili del mondo. E sono, credo anch'io, quando uno s'attacchi al primo fatterello un po' interessante che gli frulli in capo, e ci ricami sopra a casaccio come viene viene. Ma saranno poi novelle coteste? O non piuttosto aneddoti da veglia e da caffe? Una vera novella può contentarsi di esporre anche una sola creatura umana, qualunque sia, ma a patto che trovi il luogo ed il modo di lumeggiarcela bene, e tutta, come può pigliarne parecchie, ma a patto che le une, mercè dei contrasti e dei più opportuni giuochi di luce, dieno risalto, spicco, vigore alle altre. Se voi invece mi abituate da bel principio ai colpi di scena, alle piccanti avventure, ed ai bizzarri andirivieni accatastati gli uni sugli altri unicamente per stimolare la mia curiosità, voi vi punite da voi stessa perchè io divento effettivamente curioso, e allora se anche voi, per rispetto dell'arte, v'interrompeste di quando in quando per farmi arrivare all'anima dei vostri personaggi, oh sì che me ne premerebbe assai! Non sono già incuriosito per nulla, io, e mi metto a far certi salti che vi farebbero tramortire a vederli.

O se il povero poeta del Guaranay si fosse avvisto di rasentare la vera teorica, o per meglio dire, il vero segreto del perfetto novelliere, come avrebbe procurato di esprimersi un po' meglio quando scriveva: "Della mia vita — Questo è l'istante — Compendiator!" I versi sono brutti, non dico di no, ma tornano a capello, e voi non accingetevi mai a novellare senza mulinarli più volte dentro la mente, nè mai principiate a scrivere senza prima potervi dire:

"Sì, perchè tutte le virtù e tutti i vizi del mio principale personaggio sieno costretti a palesarsi, urtandosi; perchè le più ascose cagioni del suo passato e del suo presente si manifestino; perchè le sue forze e le sue piccinerie si chiariscano a vicenda, mi ci vuole questo dato momento, ovvero, per dirla col melodramma, mi ci vuole questo dato istante, compendiatore della vita sua. Giriamoci intorno colle buone, come se fosse un pozzo ben circoscritto, e poi, quando avremo detto bene con chi ci troviamo ad aver che fare, giù un bel tonfo, e dentro".

Certuni vi diranno che le mie sono ricette sbagliate perchè una novella deve essere un piccolo romanzo, ma se voi proverete a chiedere loro che cosa sia un romanzo, vorrei morire qui subito se ve lo sapranno dire. Il romanzo è la lotta per l'ideale, è il poema di tutti i giorni, è l'uomo, eterno e vero, nei suoi più mutevoli atteggiamenti, ma viceversa può anche essere libello, può anche essere cloaca massima. Talora le due tendenze opposte si fanno anche violenza l'una l'altra per fondersi mostruosamente, ma pigliatele pure come sono, una qua e l'altra là, e poi vedremo se vi basterà l'animo di definir bene il romanzo: una forma d'arte che può esser capace di tutte le manifestazioni, un camaleonte che non si lascia afferrare dalla più potente camera ottica. Ricorrerete a delle frasi, come ho fatto io, ma venirne a capo sostanzialmente, eh no!

In quanto poi agli argomenti, e se vi devo proprio dire il mio libero parere, io non ci annetto che un valore assai relativo, in confronto a quello delle intenzioni, il quale è assoluto, il quale è principalissimo. Che male c'è che voi mi raccontiate per la centesima volta una vecchia storia d'amore, quando fra voi e gli altri novantanove che v'hanno preceduto ci corra questo: che voi me la contiate meglio? Le belle invenzioni ed i bei caratteri, per essere effettivamente belli, non hanno mai e poi mai a pigliar a calci il verisimile, epperò debbono avere ed hanno pur troppo i limiti loro, ma è il tempo, ma è l'ambiente, ma è il tono del quadro che possono fare il quadro novo, più assai del tema. Chi non sa prima d'andare in fondo che l'eroe di cui ci si occupa o prende moglie, o muore? Ma pur si seguita a leggere, per equivalenti, per indifferenti, per paralleli che ci possano parere questi invariabili due termini!...

L'ho detta grossa? Abbiate pazienza. Un po' di pepe, qua e là, mette appetito e ci rinfresca il sangue. Basta che non lo sappiano le mie cognate.

Ora a questi benedetti temi che m'avete chiesto. La messe è così abbondante che v'ho già detto quanto stupore vi recherà un bel giorno il rammentarvi di averne chiesto a me, non ritrovandosi creatura umana, per umile o per alta che si ritrovi ad essere, la quale non possa avere il suo giorno di prova, e dovuto in gran parte, che ci s'intende, alla sua indole, allo stato ed ai passati suoi casi. Non credete? Ebbene, io aveva gli occhi poco fa su voi e sul vostro seguito laggiù nel mio giardino. Eravate cinque persone, col marmocchio. Teniamoci per ora al genere più liscio, e vediamo subito quanta roba non se ne possa cavare.

Tema primo, di genere e di paesaggio. L'AMALFITANA. — Ve l'ho scelta io, ma cosa mi avete detto mandandomene in traccia? "La voglio bella e giovane; buona e garbata saprò ridurla da me, e se anche imbatterete in una Margherita penitente, poco male; tanto meno le dorrà di aver lasciato la creatura sua. La voglio bella e forte, vi dico, di dove venga non m'importa nulla". Mi sono tenuto fermo alle vostre parole, e v'ho condotto innanzi il più bel tipo di balia che abbia mai fatto mostra di sè a Villa Reale, senza impensierirmi nè della suocera nè del marito; quella avida, imperiosa, rapace; questo brutto per sè, fatto più brutto e più scontroso da quel suo torchio da maccheroni: uno strumento da muto e da mulo. Voi avete portato in visita la balia a casa, giorni sono, avete visto quel canile, quel maccheronaio, quella vecchia e quel bimbo nudo. Ci siete arrivata pella strada, a picco sul mare, che va da Vietri, e che la più bella nè voi nè nessuno ha mai veduto in tutta la vita. I monelli di entrambi i sessi vi hanno stretta in un cerchio vivo e semovente che piagnucolava sotto gli occhi dei genitori, canticchiandovi in coro: "Zignor, zignorina, — moro de fâ — non tengo pâ — non tengo ma — datemi no soldo". Vi siete guardata intorno, avete visto l'immenso mare da una parte, e dall'altra quel divino anfiteatro di colli, di monti, di verzura, d'olivi, di messi dorate. Avete mangiato ai due Pellegrini tra due famiglie d'ambasciatori a spasso. Conoscete dunque bene bene e gli uomini e le cose. E voi fatemi il ritorno a casa della vostra balia.

Capirete. È un anno che la coprite di seta variopinta con in capo lo zendado a trine, è un anno che la caricate di regali ad ogni capello e ad ogni dente che vi spunta il bimbo, un anno che vive a tu per tu con quante gentildonne vi si abbattono per casa, un anno che la fate scarrozzare a Chiaia, trionfalmente adagiata nella più sontuosa delle vostre victorie

E come ciò non bastasse, ha avuto anche di meglio. Ha passato cioè le sue più belle ore di quest'anno a chiacchierare, a ridere in cucina e nelle anticamere in mezzo al servidorame di casa vostra, tanto più corrotto di dentro quanto più corretto di fuori (compatite il bisticcio, ma non mi riesce di trovare due parole che vadano meglio), ha bevuto così a lunghi sorsi la scienza del bel mondo, e non c'è idillio, non c'è intrigo, peggio ancora non c'è tresca napoletana che non sia giunta alle orecchie sue, come adorna degli arabeschi e delle filigrane con cui il popolo sa ravvivare ogni cosa, e le proibite massimamente.

Ebbene, questa donna ritorna a casa col baule pieno di vezzi, col capo pieno di riminiscenze. Suo marito le pare un lumacone, la casa una topaia, la suocera una strega. E sono sempre stati, ma prima le parevano assai meno.

Il pane è nero, la tovaglia è nera, il suo orizzonte è più nero che mai... Ad Amalfi. La vecchia le azzanna i coralli e gli abiti di seta, e li vuole vendere non solo, ma vuole soprattutto che essa torni a portar limoni da Maiore in su, con quel fresco. Il marito ha paura della madre e tiene a lei. Ma la moglie starà poi sotto, riporterà i limoni? O non le verrà voglia di piantare tutto, e di andar a vivere con qualche vecchio peccatore del vostro salotto? Ne ho visti due io, come intenti in due volte a magnificare il vostro bimbo, pur di potere stare in contemplazione davanti a quel suo seno di Cibele, davanti a quel suo collo così meravigliosamente attaccato al busto, colle linee purissime dell'anfora etrusca.

Uno anzi l'ha presa pel ganascino, un momento che avevate gli occhi altrove, e le ha sussurrato in orecchio... non so cosa. Probabilmente che era molto bella. Ma se avesse detto peggio? E se, cosa possibilissima, quell'uomo avesse bisogno di rinvigorire i suoi vizi con una buona boccata d'aria amalfitana? La novella è qua. Voi che conoscete bene la donna, voi ponetevi nei piedi della tentata, e voi scrivete.

Tema secondo, d'affetto. VOSTRA FIGLIA. — Quanti anni ha? Dodici, mi pare, ma ne mostra quindici, alla nostra usanza napoletana. Com'è bella! Che soave dolcezza in quei suoi cari occhioni di verginetta ignara! E che brio, quando la stuzzichiamo un po', con la prava intenzione di farle metter fuori, troppo presto, l'arguzia che ha dentro e che non sa di avere. Ho paura che vi resti poco tempo a scrivere, quando quei suoi occhioni principieranno a mandar lampi e a rivelare la donna.

Ma la voltata non sarà così rapida, nè così breve il tempo intermedio che non ce ne avanzi fin da ora per tenerla a bada e per osservarla bene, anche subito. Avete mai posto mente ai suoi rapporti, quasi fraterni, col... suo amico Carlino? Avete visto che guizzi di gioia quando gli corre incontro, quando gli narra che fa, quando gli porta a correggere i suoi disegni? E lui! Forse che gli pare una bimba come un'altra, allorchè le pianta le mani nei capelli, e la guarda con gli occhi dell'artista, disperato di sè e della sua tavolozza: dell'artista che sente la grandezza infinita di una bell'anima innocente, e che non sa da quale parte afferrarla per renderla bene sopra una tela? Oh le due belle teste d'italiani che sono sempre quelle, ma più belle che mai quando si guardano e si avvalorano a vicenda, l'una accanto all'altra!

Or bene, passa tutto, passa anche questo poco tempo. La bimba non è ancora donna, ma non è già più bimba. Non sa nulla, non chiede nulla, ma pare che le manchi tutto. La mamma la trova spesso con gli occhi fermi sopra oggetti indifferenti; col fratellino non ci vuole più giocare, colle amiche non è più la stessa, e nemmeno Pulcinella la fa rider più. E se allora, in questo stato così a mezz'aria, tante volte studiato e non mai bastantemente capito, principiasse ad interrogarsi e a dire a un dipresso così:
— Che ho mai da pensare sempre a Carlino? A lui solo con tanti amici di casa che abbiamo? Non è poi niente di me, nemmeno cugino, nemmeno lontanissimo congiunto!... Ma è così bello! E ieri mi ha detto che io sto per diventare la più cara fanciulla di tutta Napoli! Cara vuol dir tutto, vuol dir bella e buona. Che mi creda così buona quanto è buono lui? Sbaglierebbe, ho paura. Ma se è veramente così buono come io lo credo, o che male c'è a volergli bene? Gliene vuole tanto la mamma!!... Sfido io. A chi non piacerebbe un artista così valoroso, così amabile, così leale? Chi non vorrebbe vivergli accanto per tutta la vita?... Quanti anni ha? Ventisei, credo. E io quindici a Pasqua. Ci corrono undici anni soli, poi finalmente! —
L'avete sentita questa monella che salta dall'estate alla primavera, e che vi fa sparire sotto gli occhi nove o dieci mesi? E che farà allora la mamma: una mamma che ha i suoi peccati, può darsi benissimo, ma che non discenderà mai fino a dare le proprie briciole alla creatura sua?! Scrivete. C'è molto da

dire. O meglio ancora, separateli a tempo, ma adagio, col vostro tatto abituale, senza che Carlino sospetti di nulla. È lui che è il più pericoloso... per ora.

Tema terzo, di carattere. LA SARDA. — Non è una donna, è un mollusco aderente alle nostre pareti, agli usci, ai mobili ed alle chiavi. Ha consumata la primissima gioventù nella sua isola a coltivare il modesto legato d'un vecchio parente, e a rifiutare quanti modestissimi partiti di matrimonio le si sono offerti, per la gran paura che ha avuto sempre: quella di poter patire da vecchia decrepita, quanto dice di aver patito da bambina. Poi la sua e nostra fortuna l'hanno condotta qui a Napoli presso di noi, la piccola bellezza di dieci anni fa.

Un po' di fortuna ci deve essere stata da ambe le parti, se non altro perchè non si è più cambiato, nè lei, nè noi. Ma in tutto questo tempo non è mai riuscita a volere un gran bene a nessuno; nessuno è mai riuscito a volere un gran bene a lei. Eppure ha lavorato moltissimo, eppure ha resistito a vegliare i nostri ammalati come se il suo corpo fosse stato di bronzo e l'anima di santa! Ma una cosa guastava tutto, ed essa come sincerissima, non ha tentato di larvarla mai: la sua smania cioè di rendersi indispensabile, per ipotecare la nostra gratitudine e per potere col tempo levar la cresta senza alcun pericolo. S'avvide presto che il suo programma non solamente dava di molta noia, ma che ci andavano di mezzo anche le ipoteche, e minacciò di andarsene più volte, ma non si mosse, ovvero tornò a trattare di matrimonio, ma non si licenziò. Riusciva? Sarebbe andata via. Non riusciva? Rimaneva qui. Ed è rimasta per ben due volte. Un po' di comodo ce l'abbiamo dunque fatto anche noi. Ma sì, andateglielo a dire. Capirete subito che non solo si è rassegnata ad essere uggiosa, ma che ci trova anche gusto, come tutti quelli che non avendo potuto stare bene in un luogo per amore, finiscono talvolta per starci meno male, se non per odio, almeno per dispitto, come dice Dante. Capirete subito eziandio che tutte le più riposte fila della casa debbono giuocoforza fare capo a lei, per modo che se un bel giorno le saltasse il ticchio di andarsene davvero, miserere di noi che po' di schianto! Ma volete che essa rinunci per il ghiribizzo di un momento alle sue acri abitudini di tanti anni? Volete che noi desistiamo senza onor dell'armi e senza tregua di Dio da una guerra guerreggiata che si combatte da tanto tempo? No no. Essa, con tutta la buona voglia, non ha potuto affezionarsi che ai muri ed ai mobili di casa nostra, ed i muri ed i mobili la tengono stretta, la riamano a modo loro. Dove trovare un'altra sincera persona che predichi tanto coll'esempio e che li faccia spolverare, strofinare, carezzare tanto? E così si seguita, anche per la paura che essa ha di poter patire da vecchia decrepita, quanto dice di aver patito da bambina.

Fuor di celia è un gran dire che una donna con tre virtù capitali come la rettitudine, la schiettezza, l'attività, una donna che non ha mai fatto e non potrà mai fare un vero male al mondo, possa essere tratta per vizio di temperamento a vivere ed a morire come in lotta perpetua con tutto il genere umano: lotta di grandi musi, e di piccoli dispetti, e che invece con tante simpaticissime canaglie ci s'abbia a vivere così deliziosamente bene! E quando finirà, Dio mio, questa disgrazia che abbiamo noi di imbattere sempre nella gente buona? Sì, è buona costei a grattarla fino all'osso, ma di fuori, di fuori cosa c'è? C'è intanto il viso tutto butterato di vaiuolo, questo non lo vorrete negare, c'è la necessità di leticare spesso e volentieri con qualcuno, c'è la malattia di tenere a cane le fantesche per paura che non sentano tutti i pesi della gerarchia, c'è l'incoerenza del contegno coi fatti, coi quali ora fa il chiasso ed ora ci urla e se ne aspetta delle coltellate, c'è soprattutto la paura di patire da vecchia, quanto dice di aver patito da bambina. Ma fanti, fantesche, padroni e padrone non hanno che a mettersi a letto ammalati, per farla mutare di punto in bianco nella stessa pietà. Che è? Acquista la sinderesi? O, in altri termini, è rimorso di non averli avuti più a core quando eran sani? No, nulla di tutto questo. Forse è timore che le muoiano sotto e di non fare a tempo a leticarci più. Oppure è bontà vera e schietta che viene fuori a sbalzi, ma voglia Cristo che stia sempre dentro! Avesse almeno avuto la fortuna di ammalarsi anche lei qualche volta, ma no, mai. Tanto perchè ci potesse far capire di avere fatto molto per quasi tutti, e di non avere ricevuto niente da nessuno. Oh che gusto deprimente che dev'essere cotesto!

Or bene, questa donna che aveva tanto bisogno di essere pagata d'amore (dice) e che per eccesso di ragionamento e per paura di precipitarsi cominciando lei la prima ad amare gratis, s'è fatta, come vedete, una specie di vuoto pneumatico intorno; questa donna — supponiamo — si trova tutto ad un tratto fra le mani una piccola fortuna, lungamente posseduta e lungamente ignorata. Che so io, un monile di Benevento beccato in dono fin dalla prima comunione, o il codicillo d'un altro testamento venuto a galla a quarant'anni data. Che avverrà dei suoi amori coi nostri mobili e con la nostra biancheria? Seguiterà ancora a logorarsi la vita pur di fare da sola più che non farebbero tutte insieme le mie quattro cognate? E se si disamora a un tratto del suo tenacissimo programma, se le manca l'unica ed arrabbiata soddisfazione che abbia avuto nella vita: quella di tribolare prima per non patire poi, o da che parte troverà l'appoggio, l'equilibrio morale che le è venuto meno dall'altra? Lei tranquilla ed agiata? Lei senza padroni coi quali dare addosso ai servitori e senza servitori coi quali dare addosso ai padroni!? Lei impossibilitata a credere od almeno a dire, che tutto quello che noi facciamo sia fatto apposta pel tormento suo!? No, non lo merita un supplizio eguale e Dio l'aiuterà. Le farà trovare qualche altro modo di buscarsi un pugno oggi per non avere un buffetto domani, oppure, se Dio non si muove, s'aiuterà da sè, ponendosi in feroce dissidio contro di sè medesima, contro le sue memorie, contro la vacuità degli sforzi umani, e allora, in questo stato rivulsivo, s'apprenderà d'amore per noi così lontano e così pazienti, compatirà una buona volta i nostri difetti, conoscerà i suoi, e se la piglierà a furore contro di chi, supponendo di propiziarsela, anderà a dirle il più gran mal di noi. Sarà un bel caso, attissimo alle uscite comiche ed alle graziose trovate, e molto più vero ed efficace che non sieno quelli delle poetiche governanti alla Marlitt, che diventano, a sentirla, il porto, il faro morale, la provvidenza delle famiglie disorientate. Ne avete mai visto voi? E nemmen io. Scrivete.

Tema quarto, di fantasia. VOI STESSA. — Non tutta la vostra storia — no per l'amor di Dio, ci vorrebbero dieci risme di carta, ve l'ho già detto — ma un episodio, un piccolo episodio nel quale, per esercizio e mercè di quel po' d'esperienza che avrete fatto, vi studierete di rendere verisimile ciò che forse e pur troppo non sarà mai vero.

Vediamo. Lo scrutinio di lista è già ritornato nel suo baratro profondo. Molti uomini hanno mutato in meglio ed in peggio, ma chi ha mutato più di tutti è vostro marito. La sua volta è finalmente venuta ed eccolo ministro. Dieci anni prima sarebbe stato meglio, grazie obbligato, non era ancora disceso a certi connubi assai più patetici di quello che ha in casa, ma che ci volete fare? Allora non era che un grande intelletto solitario e sdegnoso; ora è assai più ed è assai meno: è l'uomo della giornata, un uomo che accenna a rimanere a galla più assai di quel che non avrebbero lasciato supporre le sue idee di governo di parecchi anni prima. Ma l'ingegno, quando c'è, salta fuori da tutte le parti, ed egli, che ne ha da vendere, se ne giova per mettere in luce la propria buona fede, e se ne giova così bene che... i suoi gli credono. Più di così non si può ottenere; basta che il numero di costoro aumenti sempre. E aumenta tanto che in due mesi o tre voi non siete più voi: siete la moglie di S.E. il Ministro. Ciò vi umilia dapprincipio, ma poi vi abituate, soprattutto quando vi vedete intorno un grandissimo numero di deputati, ben persuasi di poterlo smuovere da qualche grosso piano, smuovendo voi. Egli cede spesso alle vostre intercessioni, o se non cede, vi chiarisce così bene le più riposte cagioni del suo rifiuto che tutti, voi la prima, dovete confessare di averlo sempre tenuto per molto meno di quel che valeva. E più egli vi cresce davanti agli occhi, più vi vien voglia di chiedergli con feroce sorriso: "O perchè ti sei data così poca briga di farti amare da me? Son così da nulla io?" Ma voi dovete stare zitta, perchè siete sicura che egli, ben lunge dal rispondervi a tono, vi chiederebbe alla sua volta: "E tu? " e queste due parole, nella sua bocca, vi farebbero male, male assai.

Ma chi non può parlare sente tutto il doppio, e la sua bella fronte spianata dal successo vi soggioga, e la serenità operosa che ha preso il posto dell'acredine beffarda ve lo trasfigura quasi davanti agli occhi. "Quello", dite, "è il camerata d'opportunità col quale ho vissuto tanti anni? Quello è mio marito?..." Sì, so benissimo ciò che vorreste dirmi: un uomo di stato aumenta molto di valore quando abbia accanto una donna come voi, ma che avreste fatto voi medesima se foste imbattuta a sposare il Duca A. od il Marchese B.? Poco più poco meno quel che facevate prima di conoscere quest'uomo, che ora, ad un solo suo cenno, vi fa accorrere volonterosa a combattere insieme le sue più contrastate battaglie. Quante ne avete vinte di già!

Ma la vittoria non si lascia acciuffare in eterno, e viene, viene sempre il gran giorno della sconfitta. Una torbida lega d'interessi opposti accerchia vostro marito, lo preme, lo abbatte. Egli sa di non aver ceduto all'opinione che quella piccola parte del suo programma che gli rendeva incompatibile il potere (Dio, quante parolacce bisogna scrivere per non parere affettati in questi tempi costituzionali!), sa che questo suo potere ha giovato alla patria, e cade. Cade con dignità, senza intrigare in agonia, più ancora senza mai far gridare ai quattro venti di sentirsi ben saldo, quanto più la terra gli vacilla sotto. I nuovi amici fuggono a frotte, i vecchi lo tempestano di rimproveri, quasi di contumelie. È solo. Cioè no (ecco la novella che spunta) gli rimane quella donna gentile che ha partecipato ai suoi trionfi e che vuole dividere la sua caduta.
Costei si trova anch'essa mutata come in un'altra donna. È già gran tempo che Carlino non le viene più in mente che una volta il mese e i suoi predecessori una volta l'anno. Alla reciproca indifferenza le è subentrato in core un desiderio profondo di rialzare il marito, di farlo consapevole della propria stima infinita, di mostrarsi dimentica delle patite offese. Essa lo difende contro tutti, non ha parole che per vantare la ricchezza dei suoi partiti, la salda tempera del suo governo, la felice maestria degli espedienti. Meno gli altri le danno retta, e più s'accalora, s'infervora, lo crede anche maggiore di quel che è veramente, lo ama. Si sì, parliamo piano finchè volete, ma lo ama, ve l'assicuro io! Che fare? Dirglielo no, una donna non si rassegna mai ad essere lei la prima, nemmeno col marito, e poi è un po' tardi, ed essa rischia bene di non essere creduta. Farglielo intendere tacendo? C'è il caso che non intenda punto, e che questo nuovo contegno gli paia un gran prurito di tornare in su, entrambi. Non rimane che un partito solo: aver pazienza, e provarglielo adagio adagio, con una abnegazione di tutte le ore, di tutti i minuti, finchè la verità si sia fatta così grande strada nel suo core che egli non vi possa mai scambiare per una di quelle donne le quali fanno vita buona, dicono esse, perchè si contentano d'un amante solo, e perchè empiono talvolta la nicchia rimasta vuota ponendovi il marito. No no, voi dovete penetrarvi tanto della feconda ampiezza di questo tema, dovete girarne e rigirarne con tanto bel garbo le tortuose peripezie, dovete esporre finalmente con colori così fini e così delicati cotesto ultimo e perenne amor vostro, da acquistare fede, se non presso il marito, almeno presso ogni lettore effettivamente gentile. Che se poi, per risparmiarvi uno stato così penoso, vi piacerà anche di guadagnar tempo e di non lasciar dire alle amiche vostre che voi, prima di adorare il sole, avete voluto vederlo sorgere, meglio così. Sarà tanto di buon esempio guadagnato per i vostri figli.

Tema quinto ed ultimo, per ridere. IL VOSTRO BAMBINO. — Non lui, intendiamoci, che non ha ancora diciamola elegantemente, la sua personalità giuridica, ma qualche cosa che senz'essere punto una novella, principi almeno coll'aggrupparsi intorno a lui: per esempio, quella scena dell'altra sera in casa vostra, quando era tanto infreddato che ci faceva starnutare a tutti, per simpatia, e quando Carlino s'è impuntato di farci lo schizzo nel più comico e buffo di tutti gli atteggiamenti umani: nell'atto cioè di raccogliere uno starnuto.

O che fiasco! Pareva che uno avesse il mal di denti, un altro che stesse lì li per mettersi a piangere, un terzo che frenasse uno sbadiglio, un quarto — il più compassionevole, anzi il più miserando di tutti — che fosse stato effettivamente per starnutare, ma che non avesse potuto. E Carlino ad ostinarsi ed a riprincipiare a memoria, per fare peggio, s'intende, senza capire che noi, a forza di ridere e di pensarci sopra, non avevamo mai potuto dar fuori gli starnuti nostri con vera naturalezza, e che il solo a raccogliere bene i propri era stato lui, Carlino, che ci si era arrabbiato un buscherio per l'interruzione, senza punto potersi vedere. Contata bene è una scenetta che può anche far pensare, soprattutto quando vi studierete di dare ad intendere ai pittori e agli scultori che il vero è già bastantemente duro per sè, e che però non c'è nessun bisogno di renderlo ancora più duro, tentando di coglierlo nei suoi più grotteschi e men comuni aspetti. Ma io sono stanco di fare la falsariga; scrivete un po' voi!

Cioè no, mi sbaglio, lasciate pure appassire questi cinque temi nella ruvida scorza dei miei abbozzi e non li scrivete per carità. Trovate di meglio, trovate anche di peggio, ma trovate da voi, o addio spontanea freschezza di chi sa di accoppiarsi da solo con la sua propria idea. Io ho voluto solamente farvi vedere che delle cinque persone che mi stavano innanzi, nessuna poteva naturalmente sottrarsi alla grande orbita della commedia umana, ma voi conoscete bene tanta gente che non vi mancherà mai carne da mettere al fuoco, senza ricorrere alle macchiette di chicchessia. Abbiamo ben altro da parlare ora che di macchiette.

Figuratevi di essere una potente imperatrice romana, e di avere a disposizione i tre massimi scrittori del tempo vostro. Li fate chiamare la vigilia d'un grande spettacolo; e dite loro di porsi nel domani ai tre lati dell'anfiteatro, di guardare bene ogni cosa, e di scrivervi poi ordinatamente quello che han visto, senza sapere nulla un dell'altro, e senza mai digredire dal circo, nemmeno coll'immaginazione. I tre vanno e vedono le medesime cose, ma credete poi che nello scorrere le tre narrazioni voi non ci abbiate a trovare altro divario che quello inerente alla maggiore o minor coltura, alla maggiore o minore padronanza della lingua? Oibò, il più savio starà più ligio agli ordini della sua alta signora e farà sfoggio di esattezza e di perspicuità; il più gentile tenterà soprattutto di strapparvi una lagrima sulle vittime cadute; il più fantastico vedrà contrasti strani e più strani accozzi dove gli altri non videro che mucchi di persone e mucchi di cose: troverete nel primo maggiore assennatezza e maggior copia di veridici dettagli, nel secondo più movimento d'affetti, nell'ultimo più colore, più ornamenti, più brio.

Or che vuol dire questa così grande differenza che vi muta quasi in tre quadri un quadro solo? Vuol dire che essi hanno avuto bensì dinanzi agli occhi il medesimo spettacolo, ma che non l'han visto o almeno non l'han sentito allo stesso modo. Or come si manifesta questa gran differenza? Soprattutto mediante lo stile. Or che è dunque lo stile? Lo stile non è altro che la interpretazione scritta del nostro modo particolare di essere e di sentire.

Questo modo, appunto perchè è particolare, differisce più o meno in tutti noi, secondo la nostra natura, la educazione e la fortuna, ma differisce per gradi, come avviene di ogni differenza umana. Abbiamo tutti, oltrechè un viso ben nostro, anche una nostra propria espressione di viso, ma ciò nonostante un artista non ha che a girare in tutta la città popolosa per trovare subito dei tipi intorno ai quali si raggruppino, per così dire, i principali caratteri di quella tal gente. Che vuol dire se questo può accadere in una sola città? Vuol dire che se si avessero innanzi tutti gli uomini e se si potessero guardare tutti in un colpo d'occhio, la gradazione della differenza dovrebbe essere tanto piccola e quasi impercettibile quanto è grande, anzi infinito, il divario che deve intercedere fra i più belli e i più brutti di tutti noi.

Così è dello stile, con questo di più che il distacco fra l'uno e l'altro uomo può essere piccolo o grande oltrechè per il loro modo particolare di essere, anche per la maggiore o minore facoltà di esprimerlo. Uno sente molto e dura fatica a manifestar ciò che sente? È turgido. Un altro sente poco, ma si esprime con limpidezza? È vuoto. Un terzo affetta di sentire ciò che non sente e di essere ciò che non è? È in maschera, è falso. Per passare da questi esempi mezzani fino ai più nitidi e spiccati ingegni da una parte, e dall'altra fino a coloro i quali, inetti anche a fingere, sono, sentono e si esprimono su per giù come la più parte degli uomini, si dovranno certamente percorrere due infinite gradazioni di piccole differenze, ma fra i due estremi! Oh fra i due estremi c'è un abisso come quello che separa il viso di Carlino dal mio. Prima dunque di mettervi a scrivere importa di sapere qual è il gradino della lunghissima scala a pioli che andrete probabilmente ad occupare, importa di sapere, se non scriverete così nè ben nè male come troppi altri che si trastullano a metà della scala, importa di sapere che siete. "Sono", mi par di sentirvi rispondere, "una donna, alla quale si dovrà perdonare di molto, in grazia della mia estrema gentilezza con tutti, non punto eccettuato il marito. Infranta quasi a diciott'anni da un primo ed infelice amore, sono stata tratta a ricorrere all'imaginazione, pur di empire, come che fosse, il vuoto dell'anima mia. E questa birbona me ne ha giocato delle belle. Ha ornato, come suole, dei suoi più graziosi colori le persone appunto che io conosceva di meno, a danno e scapito di quelle più vicine e più note, e mi ha barattato i languidi in affettuosi, i millantatori in prodi, i giovinetti (questa è stata la più grossa) in uomini. Non si può dire che essa mi abbia sempre giocato del tutto, perchè ho mutato parecchie volte, ma ora finalmente sarebbe tempo che l'avessi di vinta io, perchè ho una bimba che pare quasi una donna, senza troppo bisogno di ricorrere all'immaginazione. Mi verrà fatto? Speriamo bene".

Data la confessione, argomentiamo. Se questo bagliore di fantasia, se questa snella subitaneità d'affetti discendono veramente di pura vena dalla vostra indole, e se cioè le abitudini dell'altissima società non ve ne hanno mai dato, con l'occasione, il pretesto, allora tranquillizzatevi, il vostro sarà di fatto uno di quei temperamenti che non repugnano punto dall'arte. Che se poi la gran dama si ritroverà a lottare davvero colla buona madre, e se il senno, vale a dire il primo fattore delle buone lettere, potrà così vivere in pace dentro di voi col secondo e col terzo, cioè col sentimento e colla imaginazione, allora tanto di meglio, la vostra non sarà soltanto arte bella, sarà anche utile, se non agli altri, a voi. Badate bene però che io non voglio illudervi, e che sono ben lunge dal lasciarvi credere che voi possiate o combinare perfettamente, nella misura delle vostre forze, quelle tre bellissime cose, ovvero che possiate ridurne almeno una alla sua più perfetta manifestazione, no no, Dio me ne guardi, la perfezione è un oggetto di gran lusso che ha pochissime attinenze con una artista che principia a lavorare alla nostra età, ma via, potrete fare sufficientemente bene, purchè però non veniate mai meno a questa che sto per dirvi necessarissima condizione:

che non vi diate cioè nè pace nè tregua mai finchè tutte le vostre scritture non rendano ben compiutamente la vostra particolare fisionomia d'artista; finchè esse non mettano qualche cosa di vostro proprio in tutto quello che toccano; finchè, per spiegarmi abbondantemente, l'antica vostra grazia ed il senno, in parte novissimo, non si raggruppino in un modo tanto a voi personale colla ricchezza delle immagini e coll'agilità degli affetti che ne traspiri schiettissimamente tutto l'esser vostro.

Ora, possedeste anche una certa facilità di esprimere bene tutta voi stessa, in altri termini una certa facilità di stile, non per questo dovrete trascurare di aggiungerle sempre con la pazienza e con la meditazione, per non finire come certuni i quali, avendo sortito dalla natura una indole anche più artistica della vostra, la sciupano o per furia o per incuria così miseramente che poco dopo, a leggerne uno, vale quasi lo stesso come leggerli tutti, nè come certi altri i quali o gonfiandosi per alterigia, o immiserendo per soverchia frega di sapore classico, o, peggio ancora, imitando supinamente i loro più fortunati confratelli, debbono poi confessare a sè medesimi di non capire punto come mai, tempo addietro, essi abbiano potuto scrivere a quel dato modo... tanto poco si riconoscono nelle loro carte! Danno la colpa all'età ed al gusto mutato dei tempi, e certamente sono due cose queste che una qualche influenza la debbono avere, ma non mai al punto da mutare un giovine bruno in un vecchio biondo, nè un bollente poeta in un intirizzito verista. Come! Un calzolaio riconoscerà su mille il suo paio di stivali, una donnicciuola su altri mille il suo paio di calzette (perdonate la viltà dei paragoni) e voi, che siete un'artista, voi da vecchia dovrete dire: "In verità che se non ci fosse il mio nome sotto, mi parrebbe impossibile di avere scritto così?!" Ma allora chi era che scriveva a quel dato tempo? Eravate voi? O non era piuttosto una persona come tutte le altre, la quale si limitava ad essere ciò che la sua propria ostentazione ovvero la moda di quel dato momento volevano che essa fosse? Importa assai che i vostri libri, come più moderni, si vendano meglio dei versi di Raffaelli, per dirne uno a caso che ne ricompra parecchi; importa assai che certi critici, sapendovi una bellissima e gentile signora, vi esaltino, senza leggervi, fino alla nausea! Ma voi sarete poi contenta di voi medesima? Contenta di quei vostri volumi i quali, a moda mutata, vi faranno l'effetto dei figurini colle vite corte quando voi donne solete portare le vite lunghe? Non credo. E perchè mai un così grande crollo? Perchè, senz'essere punto una persona come tutte le altre, pure vi è mancata una facoltà principalissima: quella di sapervi affermare bene in ciò che avevate di indipendente affatto da qualunque moda e di assai più particolare che non fosse il viso, nel vostro modo cioè di essere e di sentire. Vi ritrovaste anche cento volte più ingegnosa di quel che siete, ed egualmente, senza di essa, vi mancherebbe il meglio.

In questo durissimo caso non dovete risparmiarvi nè fatiche nè veglie per conseguirla (dato che siate in tempo) ed il più che possiate. Quando uno dei vostri lavori non rifletta bene, come uno specchio fedele, tutto ciò che più fortemente sentiste nell'immaginarlo e nello scriverlo, non lambiccatevi il cervello a correggere una pagina qua e due pagine là, chè fareste peggio, ma principiatelo da un altro verso e rifatelo, rifatelo senza discrezione, senza pietà, finchè una voce di dentro non vi gridi ben forte: "Così va bene, così son io". Questa cura continua che invade lo scrittor coscienzioso finchè l'opera sua non risponda esattamente alla somma di giudizio, d'affetti e d'inventiva che gli è stata consentita da Domeneddio, o, meglio ancora, finchè egli non renda assai bene tutto quello che ha in sè di migliore e di più suo, cotesta cura continua, dico, può bene aver nociuto a qualcuno che abbia esagerato, ma certamente senza di essa nessuno sarà mai sicuro di riescire a fare il più ed il meglio che possa.

Ed ora che mi sono sfiatato tanto, vi prego per carità di non venirmi a raccontare che uno stile buono o cattivo bisogna pure che lo abbiamo tutti, perchè Buffon ha detto che lo stile è l'uomo e con questo ha voluto significare che tal quale uno è, tal quale bisogna che scriva. Certo, sicuro che la cagione di ogni cosa sta tutta quanta nell'esser nostro, ma perchè appunto, se non siamo persone volgarissime, dobbiamo pure avere qualche cosa di marcatamente proprio, così non dobbiamo tenercela niente affatto per noi, alla maniera di certuni, i quali, ingegnosi e timidi nello stesso tempo, si tarpano di propria mano per paura di sentirsi canzonare come vantatori che volano troppo in alto, quando sarebbe tanto più comodo e tanto più moderno di volare a fior d'acqua! Certo, sicuro che per correggere i nostri difetti di stile bisogna principiare dal correggere noi stessi, e che per sapere come uno possa scrivere bisogna prima domandare che esso sia. O cosa altro ho fatto io con voi da più pagine in qua? Voi dovete avere, o almeno dovete trovare un modo tutto vostro di novellare e di scrivere gentilissimamente, ma che cosa importa che lo possiate avere se siete anche pigra e se vi pesa di cercarlo per paura della fatica? So anch'io che sarebbe più sbrigativo di pigliare un po' d'intonazione qua e un altro po' colà, ma è un mestiere da pappagalli questo, e voi certo non vorreste ammettere di avere del pappagallo dentro di voi, nè che la vicina eco dell'opere altrui vi possa montare come se foste il fonografo di Edison. Meglio varrebbe che seguitaste a scrivere infaticabilmente alle amiche

vostre! Oh quelle no, non c'è pericolo che vi chieggiano mai ombra di originalità; più anzi che vi troveranno fatta a imagine e simiglianza loro e più le contenterete, MA L'ARTE! L'arte vuol tutto, e chi più è, più metta.
Sono

Il vostro aff.
Bar. FERD. ACERBA

P.S. — Mi spiegate l'arcana ragione di questo P e di questo S davanti ai poscritti? Per dire che vengono dopo la lettera? Ma si vede. Per far notare a chi legge che ne avevamo dimenticato il contenuto? Ma se racchiudono spesso ciò che più premeva di dire! Cotesta ragione arcana ve la dirò io. Si finge ipocritamente di avere dimenticato e scritto dopo ciò che prima s'è forse pensato di più, e non contenti, per far più colpo e perchè l'altro se ne scordi meno, di mettere cotesta cosa già tanto pensata nel poscritto, ci si pone anche innanzi quel P e quell'S in lettere maiuscole, tanto per dare l'ultima pennellata alla nostra ipocrisia. Quante lettere non abbiamo tutti ricevuto con due o tre pagine piene zeppe di cose inconcludenti, e con la preghiera d'un favore nel poscritto. Ma! Se ne sono ricordati giusto quando stavano per chiudere... chi ci credesse!

Così, o presso a poco, argomenterete anche voi quando avrete letto queste mie ultime pagine, ed io confesso fin da ora che non vi sbaglierete punto. Sì, è vero, mi è mancata la franchezza di scrivere a suo luogo la roba che metto in coda, ma questo non vuol dire che io non ci avessi pensato prima, o che me ne fossi dimenticato mai. Me ne sono anzi ricordato così bene che l'ho tenuta indietro apposta per metterla nel poscritto: ecco la verità! Sarò sempre meno ipocrita degli altri.
Dunque torniamo a noi. Avete visto che mi sono tenuto sulle generali, e che ho procurato di essere meno severo che ho potuto, ma vi è pure una cosa che non posso tacere, ed è questa: siete ben sicura di sapere scrivere così a un di presso... in italiano? Sta il fatto che la nostra lingua è ormai diventata uno strumento attissimo a parlar di tutto fuorchè di sè, prova ne sia che quando se ne parla è giusto allora che ci si capisce meno, ma via, ci sono egualmente delle bricconate che non possono piacere ad anima vivente, e sono, per esempio, le voci e le locuzioni alla francesca od alla partenopea. Se non siete ben certa di andarne immune, procuratevi questa certezza, vigilandovi attentamente. Non vi pare che ne valga la pena? E voi smettete subito di scrivere, perchè, se la pensate a questo modo rispetto ad una lingua che in fatto di benemerenze non ha l'eguale al mondo, certamente non varrebbe la pena di leggervi. Stava fresca l'Italia senza l'italiano, con tutto che avesse tant'alpi e tanto mare!
E una. Andiamo avanti perchè ne ho un'altra. Voi solete scrivere facilmente moltissime lettere, lo so, ma altro è parlare con uno, altro è parlare con tutti. Una lettera, per monotona ed uniforme che sia, pare sempre assai meno monotona di quel che è veramente, perchè dice quel che ha da dire a chi la deve leggere, e addio. Ma il libro! È tanto facile di guardarlo appena, e se esso non si mette di picca a fare indugiare il suo lettore con la varietà, la disinvoltura, in una parola con la sua eleganza, c'è pericolo che esso faccia ben poco cammino, anche se è buono. Perchè ciò non vi accada, vi raccomando questo mio metodo che mi ha giovato moltissimo.
Voi principiate subito a lavorare, e seguitate il meglio che potete per un paio d'anni, senza mai pubblicare nulla, e senza mai ritornare sulle cose vostre, appena che vi paiano bene scritte. Se, ripigliandole dopo quel tempo, vi parranno tali e quali ancora, addio roba mia, sarà segno palmare che non siete punto suscettibile di miglioramento, e varrà meglio che vi diate pace senza più far nulla. Ma se invece, come è probabile, vi salteranno agli occhi mille deformità non avvertite prima, e voi rifate subito il gioco, non già una volta soltanto, ma due, tre, quattro, finchè i guai non sieno di tanto diminuiti, che voi vi possiate contentare ponendo qua una parola di più e là una parola di meno. Per me questo giorno soave non è ancora spuntato, prova ne sia che a malgrado dei miei ricchissimi

13

trent'anni, e di un mio prezioso cassettino ben chiuso a chiave e tutto pieno di carta scarabocchiata, pure non ho mai licenziato alle stampe che il mio biglietto di visita... e volete saperne il perchè? Perchè uno scrupoloso individuo mi predica sempre di rendere meglio, meglio assai, tutto ciò che di meno languido mi accade di sentire quando immagino e quando scrivo, e perchè io, alla mia volta, non ho che a rileggermi di due in due anni per rimandarmi subito ad altri due. Se quello fosse stato più arrendevole nel darmi il placet rapporto allo stile, e se io avessi avuto un altro metodo rapporto alla lingua, Dio, Dio, il cassettino si apriva e forse oggi sareste voi la prima a sorridermi dietro ed a esclamare misericordiosamente: "Povero Acerra! Avrei creduto che sapesse far meglio!" Così invece mi pregate di reggervi i primi passi. Nientemeno.

Ma l'alba spunta ed io muoio di sonno. Bisogna concludere. Siate voi, tutta voi, quando scrivete, e avrete sempre qualche cosa di diverso da tutti gli altri, ma per carità non profittate di questa scusa per imbandirci anche una lingua tutta vostra. O avrete bene la vostra parte di colpa se qualcuno seguiterà a dire... quel che si dice da trent'anni in qua. Buon giorno.

F. A.

Pubblicando questa lettera ed assumendone così una parte di responsabilità, debbo aggiungere una cosa sola, ed è che l'Acerra, nei suoi rapporti coll'arte, somiglia di molto a quegli uomini che hanno sempre fatto all'amore con una donna, senza mai sposarla. Credono perciò che il farsene amare sia la più liscia fatica del mondo, e non sanno quante belle cose paiono facili e piane avanti le nozze, che diventano assai difficili dopo, e primissima coscienza di tutte cotesto amor continuo. Con la sua coscienza troppo immune di rimorsi letterari, egli ignora affatto le molte sgarbatezze con cui la realtà può premere lo scrittore, per fargli cedere affrettatamente alla tirannia della moda, alle chimere della vanagloria, od alle trafitture dell'amor proprio, e nemmeno pensa a coloro che hanno bisogno di un qualche successo immediato, per viverne. Ma i dirizzoni che fa prendere la benedetta politica non contano per nulla? Chi non vede che lunghe braccia non abbia messo costei, e come essa non pesi in via restrittiva sopra tutta l'arte? Dov'è il liberale che oserebbe oggi di schierarsi col padre Cesari in fatto di lettere? Dov'è il conservatore il quale non procuri di darsi ad intendere che i due Bolognesi non sieno minori poeti di quel che sono? Ed i vantaggi di mutua difesa che provengono dall'iscrizione ad una frateria, ad una accademia, ad una rocca poetico-letteraria, non vanno forse pagati col sagrifizio di una parte di libertà? Salirà mai all'onore del frullone l'uomo attempato che non arricci un po' il naso quando gli parlano delle lettere di Foscolo? E i giovani, dall'altro canto, porteranno mai sugli scudi il poeta od il romanziere che non si pieghino più o meno alla nuova giurisprudenza critica dell'impressionismo, del naturalismo e via E i bisogni urgenti della stampa periodica? E gli editori che tengono per la più parte dal pubblico grosso: dal partigiano, cioè di quella gran... licenza che accenna, ed in Italia e fuori, di tendere quasi a dignità di legge?

Tutte cose che ad uomini come l'Acerra possono parere inezie e che pure non sono. Giova però che essi, come liberi da qualche vincolo, dicano spesso ciò che meno hanno ottenuto da sè medesimi e che più esigono dagli altri; così qualcuno, assai più forte, si potrà forse impuntare di raggiungere la meta, anche a malgrado dei taciuti ostacoli.

L'ALTALENA DELLE ANTIPATIE

Novella sui Generis

LIBELLO PRIMO

1

Ho quarant'anni sulla giubba, anzi li finisco appunto oggi. Ottima giornata questa per dire di me e delle cose mie, ma in un modo affatto particolare, come se la terra fosse stata creata unicamente per me e per mia moglie, e tutto il rimanente dei mortali non ci avesse fatto capolino per altro che per affermare o per disgiungere le attinenze nostre. Se il centro di questo nuovo mondo vi parerà molto importante, come pare a me, sarà segno che ci siamo imbattuti bene, e che c'intenderemo.

I miei primi anni si sbrigano presto, perchè son rimasto orfano quasi appena nato. Uno zio mi prese con sè, e mi mandò a ramingare per i collegi e pelle università. Poi morì lasciandomi tutto. Io non aveva mai aspirato ai suoi quattrini, perchè ne teneva abbastanza di mio, e perchè lo avrei imbalsamato vivo, se avessi potuto, a condizione che si confondesse lui, e coi suoi e coi miei. Ma come si fa quando uno muore? Bisogna starci e fare per lui. E così ho dovuto far io, con un solo e duplice intento: quello di non perdere e di non acquistare mai, godendo cioè della mia fortuna, ed assodandola a tempo avanzato. Nè ci ho preso gran fatica, perchè non aveva punto vizi, tranne quello molto economico di osservare sempre, di osservare tutto. Ho procurato di stancarmene mutando aria, paese, persone e cose, ma quanto più gli oggetti circostanti mi riuscivano indifferenti, più inferociva nella continua osservazione di me medesimo. Epperò me ne tornai a casa mia, di dove scrivo tuttora: una bella casa a quattro piani, situata a un dipresso fra i 140 e i 145 di latitudine nord. Voglio fare delle figure e non dei paesaggi, epperò non vedo punto la necessità di determinare i luoghi più precisamente di così.

2

(Se Dio vuole il gelo della prima presentazione principia a squagliarsi. Mi sento di già meno impacciato, meno rigido, meno studioso del mio equilibrio. Dipende da questa frega di confessarmi che m'è venuta a un tratto, e che è una brutta frega, ve lo assicuro io. Se dico mal di me per una dramma, chi ode vorrà che sia una libbra; e se dico bene, avrò un bel mostrare il braccio quant'è lungo, alla mercè se mi si creda per un palmo. — Ma la colpa non è già soltanto di chi ode, e coloro che si sono confessati prima di me ne hanno un po' tutti anch'essi. Chi non li ha visti scivolare imperturbati sui momenti più critici e più controversi delle loro deposizioni? Gli è che la verità si può dire di moltissime maniere, per la qual cosa il menomo torto che si possa fare ad uno che si confessa, è di credere che la dica a modo suo.

Ma io che non ho nessun bisogno di darmi per differente da quel che sono, io non dovrò trovare un modo così nudo, così crudo di dire questa beatissima verità, che se poi non mi credete n'abbiate colpa voi? Come debbo fare? Astrarmi dal tempo, come ho già tentato di astrarmi dallo spazio? Darmi cioè per una creatura umana vissuta su per giù fra Sant'Agostino e Leone XIII? Diventerei una tesi ambulante, quasi una idea, non sarei più un uomo. Pregarvi, piangendo, di mandar giù tutto ad occhi chiusi? Ridereste. O dunque come se n'esce?

Ne escirò così. Mi aggirerò più che sarà possibile nel campo azzurro delle mie intenzioni. Noi tutti non siamo chiamati a risponderne se non quando le travisiamo per adombrarne vantaggiosamente le nostre gesta, ma allorchè un uomo vi dichiara subito di non aver fatto altro che nascere, vivere e prender moglie come fanno quasi tutti; quando le conseguenze di questa sua unica e particolar fatica (il matrimonio) sieno state tali che nessun, nemmeno la sua coscienza, gliene abbia mai mosso l'appunto più lieve, o che ragione potrà egli avere di mentire, di travisare le intenzioni sue? No no, assicuratevi pure che se poi non mi crederete, vorrà proprio dire che la cattiva intenzione ce l'avete voi. Levatevela presto dalla mente; ci farete miglior figura).

Dite la verità: gli uomini e le cose che vi circondano vi hanno sempre fatto il medesimo effetto? No certo. Il vostro prisma ha già mutato una volta almeno, e ciò che vedevate da bambini, ora, se siete giovani, non lo vedete più. Siete però già persuasi di poter mutare ancora, solamente che abbiate grazia di poter campare. Ma anche indipendentemente dall'età, non vi siete mai avvisti che una persona od una cosa vi sieno andate su e giù diverse volte, ed in un tempo relativamente breve? Più o meno deve essere accaduto ad ognuno, e più che ad altri a coloro che si piccano di saper fiutare più bene e più presto di tutti. Se sapeste quanto spesso e accaduto a me!

Tanto spesso da doverne concludere che io era molto differente da me medesimo, secondo i giorni, e che, secondo i giorni, differivano molto da sè medesimi gli altri. Bella conclusione! Come dire che non mi bastava più di osservare sempre, di osservare tutto, ma doveva anche partire dal principio che ci potessero essere più persone e più cose in ogni cosa ed in ogni persona. Eppure siamo già parecchi, anche a prenderci uno per uno.

Lasciamo pure da parte il mondo inanimato; già quello si vede sempre secondo lo stato del fegato, secondo le idee che ci frullano per il capo, secondo il punto di dove ci si pone a guardarlo! Ma gli uomini che ci premono tanto di più, gli uomini che ci stanno di costa tutto il santo giorno, oh non abbiamo proprio ad avere in mano il gran nulla che ci aiuti, se non a pesarli, a distinguerli almeno, senza mutar poi troppo? Ed io medesimo dovrò morire un bel giorno senza sapere se sarò stato più buono che cattivo, o più cattivo che buono? E se non lo saprò nemmeno io, come è assai facile, non vorrà forse dire che io non ci poteva nulla?

Cotesti, su per giù, i miei gridi di dolore al mio primo accertarmi della instabilità dei miei giudizi, per non dire dei giudizi umani, ma una cosa non rimaneva per questo meno ferma e costante, ed era che o mi credessi buono, o mi credessi cattivo, o sperassi di aver ragione, o temessi di avere torto marcio, pure... l'ho a dire?... pure io aveva sempre lo stretto bisogno, anzi la estrema necessità di... badate che ve lo dico!... di avercela di cuore contro qualcheduno.

Ormai è detta.

Dapprincipio, come giovanissimo che era, quasi mi ci divertiva, perchè mi vedeva salterellare leggiadramente di qua e di là in balìa di sempre nuove e non punto profonde antipatie, ma col raffermarsi degli anni invigorì anche il vizio, e non mi bastò più di avercela sempre contro qualcuno, chiunque fosse, bensì feci piovere adagio adagio e ben copiosamente le mie grazie sopra pochissime persone sole, ma con questo sempre di particolare, che cioè come una di esse mi discendeva senza sua colpa più giù che mai, e subito le altre a parermi assai meno uggiose, assai meno antipatiche, quasi carine. Tira tira, tutte le corde si rompono, e veniva il momento nel quale io doveva pur persuadermi di essere stato e troppo ingiusto contro quell'unica persona cadutami tanto in disgrazia, e troppissimo indulgente colle altre, e allora, nei casi gravissimi, ecco subito la crisi! Una crisi violenta come tutti i drammi che si svolgono taciti e muti nel fondo dei nostri petti, una crisi durante la quale l'anima mia si stemperava nel suo segreto in trasporti d'affetto per quel tal Tizio, con delle lagrime di pace e di riconciliazione da far piangere i sassi. Poi veniva la bonaccia, ed io mi aspettava di aver finalmente trovato il giusto peso e la giusta misura di tutti quanti, ma che! Non aveva che a dare nelle altre poche persone suddette per vedere subito che la pesantezza perduta da Tizio, era già ripiombata sopra Caio o sopra Sempronio, ovvero, per non fare troppo male a nessuno, si era già equamente distribuita sopra di entrambi. E così di seguito, per abbandonare talvolta del tutto, a cagione di sazietà, quello dei due sul quale io aveva più lungamente smaltito la mia ritrosaggine, e riempire le fila con qualche altro Mevio... fresco.

Ora mi accadeva di sovente che questi Mevi freschi si reclutassero appunto fra quelle persone che mi erano andate più a sangue nel primo abbattermi in esse, e viceversa che i più recalcitrati dapprincipio perdessero quasi sempre della loro spiacevolezza, per poi crescermi davanti agli occhi man mano che li squadernava di più. Questi frequenti e sollazzevoli alti e bassi che formavano, con le uggie principali, tutta quanta la trama della mia vita, mi condussero coll'andar del tempo ad un programma ad hoc: e fu quello di fidarmi poco delle prime impressioni e poco delle seconde, procurando così, quali che fossero gli alternatissimi affetti miei, di non nuocere mai agli spiacenti, e di non pigliarmela troppo calda per i simpaticoni. Nullameno c'era una cosa la quale scivolava sempre fuori da ogni mio programma, ed era la gioia profonda che m'invadeva tutto, quando, in certi quarti d'ora, poteva dirmi pensando a qualcuno: "Fingi, fingi pure, ma ti capisco lo stesso. Non mi puoi patire nemmeno tu, ed io ci ho tanto piacere. Così son sicuro di destarti, almeno per ora, la medesima ineffabile stizza che tu desti in me."

Sì sì, confessiamocelo pur tutti, già tanto è vero. Potersi dire guardando qualcuno "Io ti sono molto antipatico, e ci ho gusto!" è il più gran gusto che imaginar si possa. Più grande assai, almeno per parte mia, che non fosse quello di vedere poi la stessa persona avvantaggiarsi dentro di me, e figurarmi, per conseguenza, che anch'essa mi potesse patire un pochino più.

Ma a malgrado di queste gioie profonde e di questi gusti matti, pure un gran dubbio non mi sorse men presto in fondo all'anima, un dubbio tanto angoscioso e tanto prossimo alla certezza che lo voglio tenere per un paragrafo nuovo fiammante.

Il dubbio cioè che ne avesse più colpa la banderuola che non il vento. Vale a dire che i miei scambietti di amorevolezze e di lune a rovescio dipendessero più assai da qualche vizio originale, residente in me, che non da veri meriti o demeriti degli altri. "Io sono una specie di saliscendi fatto persona, ma guai al mondo se tutti dovessero oscillare fra il bene e il male, come mi sembra che oscillino, o se ognuno tentennasse come me fra i più diversi e più remoti affetti. Si sarebbe tutti matti, e allora, matti tutti, o chi li cura i matti? Io mi conosco, dunque mi curerò da me".

La peggio è che l'anima nostra immortale non si lascia curare nè coi rinfrescanti, nè coi tonici, e nemmeno, sto per dire, coi revulsivi. Ci sono sì i medici materialisti che non si peritano di pigliarla di fronte od a ritroso, vuoi coi purganti e vuoi coi serviziali, ma è appunto perchè non ci credono che la trattano a questa bella maniera. L'anima inferma esige ben altre purghe che l'olio di ricino; l'anima inferma vuole che si agisca sopra di lei mediante i simili, più che mediante i semplici, epperò vuole per primo, anzi per primissimo rimedio eroico il matrimonio. È paurosa? Qua un'altra anima ardita e facciam l'innesto. È temeraria? Qua un'altra anima pecorina, e in men che non si dica voi li vedrete entrambi aggirarsi pel mondo

Colle ginocchia della mente inchine.

E sarà un'anima sola, di due che erano prima di sposarsi.

(Perchè, dato che l'ignoriate, quando non si sa come addirizzare una creatura umana, si cura sempre col matrimonio. Un tale impermalisce alle più piccole cose? Dategli moglie, si correggerà. Un altro è avaro? Un terzo li getta dalle finestre? Subito rimediato: fate che si sposino. Quello spenderà più e questo meno. Oh universale panacea! Basta che non si sappia più come tener ritta una donna isterica, o quasi tisica, o peggio, che le si dà marito. Che cosa importa se guarirà a tutte spese dei suoi primi nati? Basta che guarisca lei. Che cosa importa se tu sei ipocondriaco per esaurimento, e non punto per solitudine, e men che meno per bisogno d'affetto? Sposati e guarirai egualmente. Una ragazza è troppo bigotta o troppo civettuola? Bisogno di marito. Un uomo è troppo grasso o troppo magro? Bisogno di moglie.

Ma pazienza ancora quando si tratta di questi casi o d'altri simiglianti. Almeno è come giocare al lotto: spesso si sbaglia, ma qualche rara volta ci s'indovina; la peggio è quando lo sciroppo Pagliano par fatto apposta per innasprire il male. Un uomo si avvilisce perchè desta dei brividi di contrarietà in tutte le donne che gli capitano appresso? Sposatelo, piacerà alla moglie. Un altro si rovina perchè non può vedere due gonnelle senza pigliar fuoco? Impalmatelo, vedrà tanto quelle di sua moglie che farà giudizio. Un terzo non vuol saperne di niente a questo mondo, non ama, non odia, non spera, non desidera? Che faccia famiglia, se ne occuperà. Un quarto non sa a chi lasciare la troppa roba che ha già fatto infelicissimo lui, e suo padre e suo nonno prima di lui? Si sposi, di altrettanto ne gongoleranno i figli suoi. Oh panacea universale! Oh sciroppo Pagliano!!)

8

Son passato sopra i cadaveri di tutte le suocere che mi tenevano d'occhio da bambino in poi, e sono andato a fermarmi davanti ad una ragazza nè brutta nè troppo bella, nè sciocca nè fine, e semplice ed orfana e sola. Le ho detto subito francamente:

"Ti sposo perchè t'avrò già veduto cinquanta volte senza mai sapermi dire se tu mi piaccia o no. Nel primo caso sarei scappato a gambe levate per lo spavento d'una mia prossima voltataccia, nel secondo avrei forse potuto rischiare, ma capirai, te ne saresti avvista, e probabilmente non m'avresti voluto. Io son fatto così, mercè di Dio, ma porto meco di buono nel nostro matrimonio che non mi so punto dire come sii fatta tu. Voglio anzi credere che la tua cara semplicità, così patente, sarà di altrettanto sostanziale, e che tu stessa, ove io fossi tanto grullo da interrogarti sul conto tuo, me ne sapresti dire su per giù quanto me, cioè nulla. Io tengo ancora la tua anima per una specie di tabula rasa nella quale, Dio aiutando, potrò studiarmi di non lasciar apparire che le più belle cose: La mia, pur troppo, è così cincischiata che è già un gran dire se mi ci raccapezzo io solo. Questo nullameno posso dirti: che cioè come non mi è mai rimasto un gran tempo di volere molto bene a nessuna donna, così non mi sono mai illuso fino al punto di credere che qualcuna potesse volere molto bene a me. Sai, quando uno se ne sta col cannocchiale perpetuamente appuntato sopra sè medesimo, e più specialmente sopra le attinenze che egli possa avere cogli altri, come vuoi che non veda, se non è uno stupido, quanti ce ne sono e di più belli, e di più buoni, e di più ingegnosi di lui? E se lo vede, che speranza gli può rimanere di essere messo avanti gli altri? Non ti sposo dunque perchè t'ami di già, e meno ancora perchè possa già credere che tu ami me. Ti sposo perchè dato un uomo del mio stampo, mi ci vuole una donna della stampa tua. Due sole cose ti raccomando: la prima di non ritenerti, sposandomi, punto più fortunata di nessun'altra donna, la seconda di non infingerti mai quando per avventura tu l'avessi meco, perchè c'è il caso molto probabile che tu, col lasciarti scorgere, mi metta al punto di volerti più bene assai. Ed è questo soprattutto che io desidero dal profondo del cuore: volerti bene comechessia, e durabilmente. Che se tu poi me ne vorrai meno, o poco, od anche punto, ci hai a pensar tu. Sarà peggio per te".

Quante spampanate... come vedremo in seguito!

9

Essa chiese il parere del suo tutore, il quale moriva di voglia di trovare qualcuno che se la trastullasse, e mi ripetè fedelmente il gran responso. Fu questo:

"Tu sei una buona giovane, tu non devi desiderare di piacere troppo ad uno sposo di trentacinque anni. Lasciagli pure sfoderare i suoi propositi d'equilibrio coniugale, benchè guardino lui solo e così poco te, e procura più di ogni altra cosa di non mutare mai aspetto al suo cospetto. Scapiteresti, più certo che tu non possa sperar d'acquistare, chè se egli, così gelato come dice di essere, ti sposa, oh sta pure attenta per l'amor di Dio che non gli accada di riscaldarsi mai, almeno per ora. Dopo, ci penserà lui".

Eppure mi riscaldai un pochino, non già per colpa della ragazza che stette sempre ad ascoltarmi colle mani in grembo, ed appuntando in alto gli occhioni azzurri, e men che meno per colpa dell'astutissimo tutore (intorno al quale non mi sentirei nemmeno ora di poter giurare che egli stesso non avesse consigliato la pupilla di colorire meco la sua propria ingenuità, ripetendomi, al primo invito, ciò che egli le aveva detto di me), ma per colpa o per merito di due signori che non mi conoscevano di veduta, e che mi sedevano accanto dentro d'un omnibus. Ora D. Marzio non va più al caffè, va in omnibus. Uno diceva:

"Cos'abbia poi trovato in quel papero di bionda, non si sa. Un uomo che poteva aspirare alla A. alla B. alla C.".

E giù avanti con tutto l'alfabeto.

"Ah cos'ha trovato? Te lo dirò io", rispondeva l'altro. "Diciott'anni, punto suocera, punto fisime e punto pretese. Un bel piedino, una bella taglia, un bellissimo incarnato. Aggiungi la paura, comune a tutte le orfane, di dover discendere anzichè salire, sposandosi, e poi sostieni, se ti basta l'animo, che non è stato un vero e bel capriccio di gran signore, il suo!

Ho fatto fermare e son disceso a mezza via. Sì, è vero, anch'io prima di promettermi non aveva che a porre gli occhi sopra una ragazza appena fidanzata, per ritrovarle intorno qualche cosa di più bello o di meno brutto che non ci avessi prima ritrovato mai, ma le ho tenute per me nel mio segreto, queste nuovissime impressioni mie, le ho tenute come un'altra prova del mio fragile e suscettibile giudizio umano, e non mi sono mai sognato di scodellarle in omnibus, a rischio e pericolo di avere lo sposo accanto, e di impuntigliarlo a considerare come mai questa donna, ora tanto piacevole, fosse piaciuta così poco prima, da dover cadere in sorte, nonchè ad altri, a lui. Ma io aveva un bell'infiammarmi contro il secondo, contro il vero D. Marzio dell'omnibus; l'opera santa di quello finto, di quello apocrifo, del primo che aveva parlato, non tardò per questo a recare il suo effetto. Come sarei stato contento se gli avessi potuto dire, stringendomelo al core:

"Ah tu tratti di papero una bionda che ho scelto io? Ebbene, tanto più volentieri me la sposerò. Non foss'altro per provarti che ho bastante spirito per te e per lei".

10

Con tutte queste piccole contraddizioni arrivai ben poco preparato alla vigilia del mio gran giorno. Mi prese la malinconia, e andai subito a dire a chi di ragione:

"Senti cara. Tu non hai una madre che ti possa agguerrire contro di me, e bisogna proprio che ti dica molte altre cose, non essendo giusto che tu abbia ad ignorare il gran nulla intorno all'uomo che stai per prendere. Va a lune, poverino, e quando è mal montato, è piccolo, è meschino, e perchè sa di esserlo e ci si arrabbia, va attorno col lume per cercare di altrettanto piccoli e di altrettanto meschini di lui, e quando li trova, o crede di trovarli, è tutto contento, e vorrebbe che fossero anche peggio. Buono che la luna muta, qualche volta, o faresti assai bene a lasciargliela smaltire tutta da sè. Muta tanto che non solamente non è più quello, ma quasi non gli pare possibile di esserlo stato mai. E dà la colpa all'umore, e si propone per un'altra volta di tirar via senza più badare a quelle piccolezze ed a quelle meschinità che lo fan ridere oggi quando ieri l'hanno fatto piangere, ma ricade egualmente, e tanto più ricade quant'è più tempo che se ne stava ritto".

La mia futura sposa si mise a singhiozzare come una bimba. Credetti con bastante verosimiglianza che non volesse più saperne di me e dei miei scrupoli, e invece mi rispose che piangeva per la sua mamma.

"Quanto sarebbe contenta se fosse ancora al mondo!" sclamò.

"Contenta di che?"

"Di sapermi in mano di un uomo così sincero".

"Io sincero? Se non dico mai niente di quel che accade dentro di me!"

"Hai detto abbastanza una volta per tutte."

"E che farai quando avrai paura che mi vada male?"

"Aspetterò che torni ad andarti bene".

Santa ingenuità! Se era per questo che io stava per prender moglie!

Non ho mai passato una così brutta notte come quella di poi.

"Io rinunziare come il primo imbecille venuto alle delizie del celibato?" diceva. "Io rispondere della felicità di un'altra persona? Io in procinto di mettermi coi piedi legati in mano altrui? Ma perchè mi sposo, io? Per distrarmi, per non avercela più troppo contro nessuno. Gran noia davvero che era questa per me! Ma foss'anco sicuro il rimedio, come non è punto, che danno è mai venuto agli altri dalle mie sfuriate d'antipatia? Chi ho manomesso? Chi ho vilipeso? Molti anzi non se ne avvidero nemmeno... e me ne dolse. Ma io sì che me ne avvedo bene, pur troppo, ora che ce l'ho con me!... Va va che hai già fatto un bel guadagno. Ti sei sacrificato per il tuo prossimo, che non ci pativa nulla, ed ora te la pigli con te stesso, che ci patisci tanto, con la dolce prospettiva di mettere al mondo degli altri originali come te!".

Era balzato dal letto a camminare agitatissimo, quantunque in pantofole, per la mia camera di giovinotto... ahi questa camera che io stava per abbandonare per sempre. L'idea della mia prole mi condusse per ultimo davanti ai ritratti dei miei genitori, ai quali dissi con le braccia tese:

"Anche con voi ho tentennato, poveri morti miei! Quando mi pareva di star benino al mondo, vi ringraziava in cor mio del dolce dono, e quando ci stava a disagio, vi avrei chiesto volentieri se non avevate niente di meglio da darmi. Voi siete stati felicissimi un dell'altro, lo so, ma fu per poco, e intanto ci sono andato di mezzo io, e ci andranno fors'anche i figli miei, se io dovrò far loro la stessa burla infelice che voi, poveretti, avete dovuto fare a me. Quanto era meglio che mi prendeste con voi, piuttosto che lasciarmi qui solo, colla mia insanabile propensione al ragionamento! Fossi ben saldo in gambe per natura, me ne gioverei, ma come non sono, i miei ragionamenti mi aiutano a stare un po' su da una parte, per cascar giù meglio dall'altra! Ora poi mi pare di essere il Reno, a Sciaffusa."

Le mie nozze, funestate dalle scandalosa ilarità del tutore, furono abbastanza brevi. Il piacere di vedermi intorno coloro fra i miei amici che erano tuttora in carica in quel momento, scemava in gran parte per la presenza di parecchi altri, già sfatti da un pezzo, e che aveva dovuto invitare per convenienza. La cerimonia fu breve, ripeto, ma fu anche lunghissima, perchè in quelle poche ore, come in tutte le mie grandi giornate, sono stato in preda di quei repentini e maledetti sbalzi di umore che ora vi tirano ed ora v'allentano come una corda da violino, senza lasciarvi capire se stavate meglio i momenti in cui eravate mesti, o quelli in cui eravate gai. È una certa mestizia così fugace! È una certa gaiezza così turbolenta! Almeno con una intera giornata cattiva uno ci si rassegna, e può sperare che il domani sia tutto buono. Ma io! Io che aveva passato in pantofole la notte prima, e che doveva mettermi in viaggio la notte poi!

Mia moglie pianse bene in chiesa, stette seria bene in comunità, sorrise bene al rinfresco, e mangiò bene a pranzo. Tutto bene. Oh il gran piedistallo che è un uomo per una donna, e come ci si accampano sopra anche le più modeste! Andai a tavola stanco sfinito e non avrei toccato nulla se non fosse stata l'angoscia profonda di certi miei lontani parenti che mi sedevano quasi dirimpetto. Era un'angoscia a bocca piena, ben inteso, ma non c'era da sbagliarsi egualmente, e dava buon bere quanto i biscottini.

1

Aveva tanto predicato a mia moglie di astenersi da quegli attucci e da quei sorrisetti coi quali i novelli sposi pare che si studino di farsi riconoscere lontano un miglio, che i nostri primi compagni di carrozza, dopo di averci guardato bene entrambi, si appisolarono quasi tutti, come se non valesse punto la pena di indovinare che cosa eravamo un dell'altra. Passata così una buona oretta di serietà e di circospezione, mi volsi a mia moglie e le dissi piano piano:

"Il matrimonio mi conferisce poco, per ora, e ho bisogno che tu mi aiuti a rinfrancarmi, parlandomi di cose allegre".

"Non saprei".

"Quello che vuoi: i tuoi piccoli romanzi di giovinetta, per esempio".

Arrossì, e poi disse:

"Ora ti viene in mente? Perchè non me li hai chiesti ieri?"

"Perchè mi fa il medesimo di saperli oggi. Vuoi che creda che tu abbia potuto campare così sola come eri al mondo, senza mettere il cuore da nessuna parte? Era solo anch'io, dirai, ma per me è stata un'altra cosa. Io aveva troppi impedimenti, troppi sopraccapi. Coraggio".

Mi guardò negli occhi, poi sorrise e disse:

"Iersera, vedendo che tu non mi chiedevi mai niente, aveva preparato queste poche righe per te, ma il mio tutore mi colse mentre stava scrivendo, e mi fece giurare che avrei aspettato a dartele dopo le nozze... che è quanto dire mai più".

"O perchè me le dai ora, dunque?"

"Perchè me le hai chieste."

"I tuoi romanzetti sono già scritti!!? Bel caso. Come dire che io m'arrovello da mattina a sera per schermirmi contro i guai nuovi, e che ora, per castigo, c'è qui mia moglie che mi corre dietro coi vecchi. Ci sono tutti almeno?"

"Oh tutti poi!"

"Come? No??"

"Erano troppi. Leggi questi, e dopo, se vorrai, te ne dirò degli altri".

Che brutto viso debbo avere avuto quando m'accostai al finestrino e principiai a leggere.

2

Erano sei pagine fitte. Mia moglie esordiva lungamente notando essere molto strano che io, con tanta smania di confessarmi, non avessi pensato a far confessare anche lei, e spiegava questa ritenutezza colla mia probabile opinione che se ella avesse avuto qualche tacca sulla coscienza, m'avrebbe certo agguantato per dirmela, come faceva io con lei. "Fallacissima opinione — osservava modestamente — perchè tu avresti potuto trovare molte altre donne del mio valore, e non io un altro uomo del valore tuo." (Caro!). Non pertanto la mia inestimabile schiettezza del giorno precedente le era andata così ritta al core, che non le bastava più l'animo di sottrarsi a quel tal supplizio che pareva tanto sollazzevole per me.

Poi principiavano subito le circostanze, attenuanti: vale a dire il suo gran digiuno d'affetti naturali, l'aspra solitudine della sua vita, le letture precoci, i precocissimi esempi. "Le mie compagne avevano sempre la bocca piena del babbo, della mamma, degli zii, dei fratelli, dei cugini, e io niente. Andavano a casa per le vacanze, e io niente. Ricevevano lettere, visite, carezze, regali, e io niente. Le ho prese in uggia, ma tutte e sempre, e non già ora questa ed ora quella come avresti fatto tu nei panni miei, e più esse mi davano noia come donne, più sentiva il bisogno dell'amore d'un uomo."

Mi stropicciai i capelli e dissi: "Va un po' avanti tu ora che viene il buono".

Essa mi si accostò all'orecchi e lesse... Dio quanto lesse! Lesse delle sue armi col maestro d'aritmetica, con quel di disegno, col professore di calligrafia. Tutto un harem pedagogico di maschi. La interruppi chiedendole perchè mutasse tanto, e lei subito:

"Più avrei mutato se più ne avessi avuto. Mi bastava che una mia compagna si vantasse di ritrovarsi nelle buone grazie di uno di essi, perchè io, zitta zitta, non mi quetassi più, finchè non mi fossi persuasa che egli non volesse molto più bene a me. E poi, come non mutare? Essi mi pigliavano per diligente, ovvero mi davano della brava bimba. Se ho mutato! Ne ho un album pieno io delle mie mutazioni, e te lo farò vedere. Ce n'è di vecchi, ce n'è di bruttissimi. Ma che importa? Li ho ritratti da me, a memoria, e uno alla volta m'hanno empito il cuore anch'essi. Tu vedessi l'ultimo come è carino. Indovina un po' chi è?"

"Sarò io, suppongo."

"No no, è il mio tutore e gliel'ho anche detto. M'ha risposto che poteva essere il mio nonno, ed era vero, ma come fare? Io non mi posso vedere un uomo sempre accanto, che non mi strugga di persuadermi che esso non voglia più bene a me che all'altre donne."

Mi son sentito venire il latte alle ginocchia, e domandai così per creanza e per onor di firma:

"Ma insomma che posto ho dunque io nel tuo album? Il penultimo?"

"Che sciocco, tu sei mio marito."

Quando la moglie vi dice "Che sciocco, tu sei mio marito" potete stare tranquilli che o vi tiene per da più, o vi tiene per da meno di tutti gli altri. Ma più spesso per da meno che non da più. Mia moglie lo aveva certamente detto col più onesto ed affabile intendimento, ma ciò nonostante quella sua schietta confessione di essersi empita così spesso il cuore di tant'altri e mai di me, via, mi dava un po' di noia e glielo feci capire. Dissi cioè:

"Senti, cara. Io sono bastantemente filosofo (nella significazione di vecchie fusa torte ben digerite che si suol dare a questa nobil voce) per non inalberarmi punto della tua troppo diffusa ed amorevole cordialità. L'ho un po' col primo, è vero, ma c'è di buono che apparteneva al ceto dei maestri d'aritmetica: un ceto che mi piegherebbe all'indulgenza anche se fosse stato, oltrechè primo, l'ultimo. Pure c'è una cosa che non mi va giù bene, per ora, ed è il dubbio orrendo che tu, con questo benedetto cuore di cera molle che ti ritrovi in petto, non sappia punto... come diremo?... distinguere, e che tu ti possa struggere di essere amata da me, come ti struggeresti per quel qualunque altro personaggio inconcludente che t'avesse sposato."

Essa mi guardò un po' per diritto e un po' per traverso con quel suo fare da semplicina che oimè, me ne accorgeva ora, poteva anche ricoprire qualche malizietta, e disse presto, affettuosamente:

"Permaloso, te ne sei avuto a male perchè non t'ho messo nell'album, ma come poteva fare? Chi t'aveva mai visto prima che tu mi piombassi a casa per dirmi a bruciapelo che mi volevi sposare? E se ci sposavamo che bisogno aveva di farti il ritratto? Per baciarlo di nascosto? Bacio te, se voglio."

Il povero viaggiatore più accanto a noi, ci si svegliò di soprassalto, ed io fui ad un pelo di schierarmi con quel tale che le aveva dato del papero in omnibus. Increspai un pochino le sopracciglia e:

"Senti", le dissi, "cara. Io non sono un feticcio che voglia essere adorato a credenza, e nemmeno un terno al lotto che s'accolga bene con qualunque numero. Io ti esorto ad un po' più di compostezza e di dignità muliebre, che ti conducano adagio adagio a farti ragione del cuore, mercè del capo."

Mia moglie mi ascoltò intensamente, come persona che principiasse a capirmi allora allora. Non aveva già torto. Le aveva tanto empito la testa delle mie ficose controversie intestine, l'aveva tanto confusa con quel mio dirle quando bene e quando male di me, che essa, interamente disorientata, era divenuta mia sposa senza punto sapere da che parte prendermi. E me lo confessò candidissimamente.

"Il vero segreto te lo dirò io," le risposi. "Prendimi oggi come sono oggi, e domani come sarò domani. È l'unica".

(L'uomo timido ha bisogno di voler bene a una donna sola, il disinvolto a più donne una dopo l'altra, il temerario a più di una insieme. La donna invece ha bisogno di essere amata lei, è vero, ma è un bisogno che si restringe e si espande allo stesso modo. Se è buona gliene basta uno solo, se è mediocre li muta uno alla volta, o se è proprio di cattiva qualità, ne vuole più di uno contemporaneamente.

Rifate la storia, abolite la poligamia, il matrimonio, la poliandria, il divorzio, tutto quel che volete, e non tanto l'uomo e la donna, così diversi nel fine e così simiglianti nella quantità dei mezzi, andranno tutti e sempre a schierarsi in una di queste tre categorie: l'unica, la consecutiva e la molteplice. Tutte le leggi di questo mondo non ci potevano e non ci potranno mai nulla.

Una donna che senta anzitutto il bisogno di amare, e un uomo che senta anzitutto il bisogno di essere amato, debbono avere giuocoforza del virile quella e del femmineo questo. L'uomo però ha di buono che può secondare sua natura anche se è brutto. La donna invece che non riesca ad essere amata, non può far altro che invidiare quella tale, più bella o più fortunata che v'è già riuscita, ma non c'è mai caso che nello scegliere l'oggetto dell'invidia sua, non scelga per l'appunto quella tal donna che non faccia precisamente quello che avrebbe fatto lei, se fosse stata o fortunata o bella.)

Gli occhi di mia moglie che mi guardavano sempre più attentamente parevano dire:

"Ecco. Io mi sono imbattuta in un uomo che è lieto, che è mesto, che è indulgente, che è severo, che è una cosa oggi e che ne è un'altra domani. Lo ha detto lui, ed io, per andarci bene, lo dovrò dunque riconoscere a naso, giorno per giorno. Come fare? Ora dovrebbe essere in collera. Badiamo dunque che dice, che fa, come guarda, come si muove quando è così. Domani, se gli passa, mi saprò regolare."

Oh amor proprio come sei dabbene! Invece di inveire contro la stupida moda ambulatoria che ci aveva costretto a quel bell'impiego della nostra prima nottata di nozze, io fui così grullo da accogliere come un buon presagio le sue prime ed instancabili osservazioni coniugali, e perchè non ci fosse pericolo che osservasse male, mi misi a spoliticare col viaggiatore poc'anzi svegliato da lei. Sono tanto rabbioso io quando parlo di politica!

Ora il caso volle che costui fosse ancora più rabbioso di me, e che io, contro di ogni previsione, pigliassi un grandissimo gusto a farlo rabbonire: tanto gusto che poco alla volta mi passò quasi di mente per che ragione lo aveva cimentato a discorrere. L'ho fatto fin ridere; così a bocca stretta e fra i denti, s'intende, ma ridere. E ce ne vuole del brio perchè un avversario politico ci si rassegni, anche per un attimo solo! Mia moglie ci deve aver perduta la tramontana, e me ne dolse anche allora, anche quando mi sentiva più in vena con quell'altro. Essa deve aver pensato o che io cambiava d'umore assai più spesso di quel che le aveva detto, ovvero che la politica mi dava buon sangue quanto le bistecche. Ora invece si spera che avrà già capito bene, come me, che quando ce l'ho con lei, divento subito piacevolissimo con tutti gli altri. Anche se li vado a cercare colla speranza di attaccarci lite.

Ma intanto i nostri compagni, che si erano svegliati uno per uno e che non ne potevano più, ci supplicarono colle buone di cambiar posto e di lasciarli dormire. Una delle vittime cedette il proprio cantuccio al mio antagonista, ed io rimasi confinato al finestrino opposto, con mia moglie dirimpetto che seguitava a guardarmi continuamente.

Guarda guarda vien sonno a tutti ed ella s'addormentò.

La luce blanda del lanternino arrivava appena a colorirle il viso, ed i bellissimi capelli d'oro, ravvolti così nella penombra, le diffondevano intorno come una sottile e leggiera corona di gioventù. Il sorriso, che aveva troppo spesso in bocca durante la veglia, forse per mettere in luce i bianchissimi denti, le aliava ora sulle labbra con più dolce e più serena vaghezza, e quei suoi denti medesimi, che apparivano appena appena, acquistavano coll'impicciolire altrettanto e più di grazia e di leggiadria.

Gli occhi, troppo grandi e troppo azzurri quando ve li squadernava in viso nel parlare, si nascondevano ora sotto la morbida trasparenza delle palpebre, e la immobilità aggiungeva purezza di disegno all'ovale del suo viso, ed il lievissimo respiro dava un che di verginale e di raccolto alla freschezza dei suoi begli anni.

Mia moglie dormiente era mille volte più bella di mia moglie sveglia.

8

Il mio maggiore studio durante la luna di miele fu quello di farla dormire più che ho potuto. Non gliene ho mai detto la ragione, per paura che la sua amabilità di moglie e la sua femminile civetteria non arrivassero per disgrazia fino a dare al suo sonno qualche aspetto studiato e poco naturale, ma quando mi sentiva men contento del matrimonio in generale, e del suo particolar sistema di fare sempre di sè ciò che essa poteva credere giorno per giorno che più piacesse a me (un sistema, lo vedo ora, che pareva fatto apposta perchè io continuassi a rimanere ab eterno il preciso, l'identico uomo di prima), allora non aveva a far altro che guardarla bene quando dormiva, per dimenticare immediatamente le sue cantonate di bimba, quando era desta.

Oh se fossi stato poeta! Che messe di idealità nei primi giorni del mio matrimonio! Avrei potuto fare tutto un canzoniere, e sul suo modo di dormire allorchè non ne poteva più e si rifaceva delle grandi corse della giornata, e sul suo sonnecchiare della mattina quando era ancora un po' stanca e non poteva svegliarsi che a mezzo, e su qualche breve pisolino che la mia buona stella le inspirava di schiacciare durante il giorno, colla testa china sulla mia spalla, mentre un raggio di sole, rifranto dai vetri, le coloriva dolcemente le carni rosate. Avrei potuto cantare come dormiva di giorno, come di notte, come all'alba e come più tardi, e sempre bene, contemperando armonicamente la quiete del corpo colla suprema pace dello spirito, senza sogni, senza trasalimenti, come trasfigurata ogni volta da una serena estasi nuova.

L'ho guardata tanto, in quei primi e faticosissimi tempi, che qualche volta, quando si svegliava lei, moriva di sonno io.

9

Ci sono degli animali graziosi e benigni, i quali, se detestano, per esempio, un vicino di casa, gli vanno incontro a braccia spalancate se s'imbattono a trovarlo di là dall'equatore. Io no. La terra è anzi troppo piccina per la mia efferatezza, e non mi vale di pensare che un morto sia morto, chè se anzi gli è accaduto di morire in pochissimo odore di santità presso di me, mi diverto a popolare dell'anima sua la più scialba stella dell'orizzonte, e a guardarla in cagnesco tutte quante le sere.

È un fatto però che la mia lontananza da casa ed i miei debiti coniugali in viaggio non avevano poco contribuito a levarmi di mente, allora per allora, tutto quello che di ostico e di ostile mi era accaduto di lasciare dietro di me, ma l'apparizione improvvisa, nel bel mezzo del mio lungo giro, del più antipatico essere umano che mi avesse amareggiato la vita poco prima che mi sposassi, e non soltanto l'apparizione, ma anche le svenevolezze che gli ho dovuto lasciar penetrare sulla mia persona, colla scusa che eravamo paesani e che ci combinavano all'estero, tutte quelle belle cose, dico, bastarono di per sè sole a farmi riguadagnare il tempo perduto, come se il core mi avesse dato un tuffo e l'anima uno scossone, contemporaneamente.

Fiatate, lettori.

10

Oh v'assicuro io che da quell'istante e per parecchio tempo di seguito la mia effervescenza di marito fresco non ebbe più nessun bisogno di ricorrere all'estetica ed ai lumini da notte per mantenersi in vigilante ardore, nè mia moglie dovette punto dormire per parermi carissima e bella. Vero bensì che anche prima, cioè quando sentiva ancora gli effetti dei suoi discorsi della prima nottata, non mi era mai permesso di adoperare seco la più piccola parola veramente brusca, ma per abituati che si sia a tener tutto dentro, come si fa a non aggrottare un pochino la fronte quando ce l'abbiamo con uno, e quest'uno vi parli e vi faccia parlare continuamente? Io ce l'ho avuta spesso con mia moglie, e ce l'ho ancora oggi che scrivo, ma più che accigliarmi nel guardarla non ho mai fatto, e se Dio mi aiuta non farò neanche mai, tanto mi cuoce sempre il dubbio che i più gran torti degli altri non mi si possano mutare in torti piccoli, o, peggio ancora, in torti miei. È il criterio che muta, pur troppo, non è già il torto.

Ma anche il cipiglio si vede, e però mia moglie non potè mai ignorare fin dal bel principio, che cosa mulinassi dentro di me. Dovette dunque avvertire bene che appena scontrato il suddetto carnefice, non c'era mai caso che mi rimanessi dal fare sempre sempre il di lei comodo, con una naturalezza che toccava a dir poco l'estremo limite della bonarietà.

E dopo! Voglio dire dopo tornati a casa! Quando dovetti smaltire di bel nuovo la dura e frequente vista delle altre simpatie lasciate in deposito dentro le patrie mura! Il mio non fu più un matrimonio, fu un'egloga in permanenza! Tanto egloga da dovermi persuadere che più mi sentiva mal montato contro gli altri, e subito, o voglia o non voglia che ne avessi, diveniva di altrettanto più tenero colla moglie mia.

11

Ora accadde che dopo quasi due mesi di stomachevole bonaccia in casa, io mi svegliassi una bella mattina con una gran voglia di escire, di andar via, di prender aria per tutta la giornata, e che in luogo di fare dei lunghissimi giri per non dar di cozzo nei visi proibiti di quei due mesi, li cercassi quasi nei più popolosi ritrovi, e mi chiedessi continuamente che cosa diamine aveva avuto nella testa i giorni innanzi, da pigliarmela tanto calda contro di essi. Aveva un bel passarli in rassegna tutti, ma non ce n'era neanche uno, uno solo, che non mi paresse un vivo segnacolo di innocenza e di purità; sto anzi per dire che li avrei presi insieme tutti quanti, se avessi potuto, e me ne sarei fatta ghirlanda intorno, ghirlanda di pace, di soavissima e perenne pace. Che voleva dir ciò? Io era sì abituato a turare un buco per farne un altro, ma questo buco, per mutar di posto, non si chiudeva mai. Ora nulla, tutto pari pari. Che fossi guarito? Che stessi per morire? Che fossi già morto?

Oibò! Non ho avuto che a tornare a casa per trovarmi ben vivo, alla mia maniera. Mia moglie tanto cara e tanto bella mentre io sbizzarriva uno alla volta contro i suddetti visi proibiti di fuori, era diventata in poche ore proibitissima lei di dentro, ed io mi chiedeva di già se doveva proprio sentirmi addosso, fin che campava, quei suoi occhioni sgangherati e blandi. Ho lottato fra me e me, ho combattuto, ho procurato di riderci sopra. Nulla ci valeva. Nè di giorno e nemmeno di notte.

12

Il motto dell'enigma è chiaro: io era di già arrivato alla mia prima tappa coniugale.

Le notturne contemplazioni della luna di miele non erano stati che pannicelli caldi atti soltanto a lusingare il male, il quale, mutando in parte di forma, non aveva punto ceduto del suo vigore. Le nuove cose e le nuovissime impressioni mi avevano sì distratto alquanto dalle vecchie e pervicaci stravaganze, ma anche allora, se ci avessi posto mente, non m'erano punto mancati, come avete visto, i segni ed i presagi del vento di poi, e la piccola tregua, più apparente che reale, non aveva servito che a rinverdire il medesimo uomo di prima, e più balzano che mai.

Gli è che da giovinotto io mi trovava solo al mondo, e però poteva ghiribizzare un po' di qua e un po' di là, come meglio mi veniva fatto, mentre ora invece, colla donna accanto, aveva dovuto sì mutare modo e metodo, ma non era punto riuscito a mutar me stesso. Io me ne stava ancora fermo in mezzo al creato, come per lo innanzi, ma in luogo di avere una metà degli uomini da una parte, e l'altra metà dall'altra, per trastullarmici sopra con vicenda indefessa ed a talento mio, mi ritrovava invece nella ben più brutta condizione di avere mia moglie sola a destra, e tutto il rimanente dell'umanità a sinistra. Più mi andava bene con una, e più mi doveva andar male coll'altra. Non c'era cristi.

Oh benedetti mille volte i Turchi! Almeno essi, quando non arano più diritto colla prima moglie, possono pigliare a voler bene all'ultima!

25

LIBELLO TERZO

1

Che penserete voi della vostra signora e consorte se essa, inabile a reagire contro le lusinghe e i rancori della società, vi facesse partecipe di cose che non riguardassero che lei sola? Quello a un di presso che ho pensato io quando mia moglie, dopo un buon mese di alta marea, mi prese un giorno con grazia pella mano, e trascinandomi a sedere accanto al foco mi disse:

"Debbo avvisarti che ci sono due dei tuoi amici, i quali mi guastano a vicenda più che possono."

"Fa' un po' il piacere di sbrigartela da te," risposi. "Mi durano di molto, infatti, i miei amici, perchè tu mi debba anche incitare contro quelli che ho presentemente. Che ti hanno fatto?"

"Uno il cascante e l'altro il disdegnoso, ma troppo più del bisogno e l'uno e l'altro. Quello si lascia scorgere e questo crede di no, ma io capisco lo stesso."

"A me lo racconti? Una brava donna dovrebbe saperli mettere a dovere entrambi, senza dir niente al marito."

"E così ho procurato di fare, ma non ci riesco, e intanto mi guastano. Uno mi umilia troppo, e l'altro mi lascia credere di essere diventata Dio sa che cosa".

"Tienti in mezzo che non sbaglierai. Ma guardate che idee ti vengono! Tu mi avessi parlato soltanto di quello che ti sdegna, pazienza, gli poteva tirar l'orecchio colle buone, dicendogli che se mia moglie non piace a lui, piace a me che importa più (hem!). Ma l'altro! Venirmi a parlare dell'altro! Del cascamorto! Proprio vero che le donne non san tacere che quando ve la fanno. Chi è questo amico?"

Pausa.

2

"Ti torno a domandare chi è questo amico? Oramai che hai principiato puoi anche finire." Pausa ancora.

Finalmente viene la volta che anche i mariti capiscono qualche cosa... ed ho capito. Era lì comodo, e mi lasciai andare sulle ginocchia, baciandole la mano forte forte.

"Vedi come mi sciupi tu? Vedi come passi da un eccesso all'altro?"

"È vero. Ma sei stata tanto brava, hai avuto tanto spirito questa volta che ti adorerei... guarda. Sì, hai ragione. Sono due in uno, io, anzi, tre. Due che giocano a scaricabarili, e il terzo, più imbecille di tutti che li sta a vedere da quando è nato, e che non sa nemmeno dire che la finiscano. Cioè, in quanto a dire, me lo dico; ma è ottenere che preme e non ottengo nulla. Bei filosofi coloro che suppongono di aver detto tutto, quando vi predicano di conoscere voi stessi. È un bel pezzo che mi conosco, io, ma ne ho cavato un grandissimo partito!"

Ho avuto un bel tenermi in guardia, un bell'abbottonarmi fino al collo quando sono uscito di casa, ma il mio lettore si figura bene da sè solo ciò che mi accade prima di sera, allorchè diedi di cozzo nei soliti cancheri messi fuori di combattimento da un mese in poi.

Oh che vita, che vita, signor Iddio!

3

È incredibile quanto non guadagnino le donne che azzeccano il marito matto. Precisamente l'opposto di quelle che imbattono in uomini troppo savi e troppo precisi. Queste vedono che i loro mariti pensano a tutto, che al bisogno sanno fare da uomini e da donne, epperò lasciano che si confondano essi, e rimminchioniscono piano piano ogni giorno più. Quanto ha guadagnato mia moglie a stare con me (specialmente, s'intende, per star bene lei!).

Io non era ancora arrivato alla prima mezza dozzina dei miei particolari andirivieni, e già m'era avveduto che anch'essa mi teneva dietro bene bene. Questo sarebbe stato un danno, ma essa lo prese tanto industriosamente (almeno per sè) che di più non avrebbe potuto. Mi disse un giorno con una certa solennità:

"Noi siamo marito e moglie da quasi due anni e posso dire di averle provate tutte, ma niente ci è valuto. Proprio niente. Quando la tua cavallina si mette a correre, è inutile, bisogna lasciarla correre.

Questa è la mia esperienza dopo una lunga serie di tentativi falliti, ma la peggio è che a lungo andare ho preso anch'io il contraccolpo della tua malattia, e mi muto alla mia volta, ma in un altro modo. E cioè quando capisco che non mi vuoi mica bene, me ne dispiace sì, ma meno di prima, e quando me ne vuoi anche troppo, quasi non me ne importa più nulla, e qualche volta... ci ho rabbia. Ti par che meriti di rammaricarsi tanto della povertà, quando si sappia che più s'è poveri oggi, più si diventa ricchi domani?"

Oh quanto ho faticato a nascondere per bontà d'animo la mia profonda gioia di quel momento! Me n'era un po' accorto, a dir vero, di questa rabbia, ma sentirmelo dire, sentirmelo dire con tanta franchezza, oh che delizia! Almeno così mi veniva fatto di ricattarmi, senza farle alcun male, anzi volendole più bene che mai, di tutte le volte in cui essa faceva rabbia a me!

"Il meglio dunque che possiamo fare," seguitò, "è di tirar via diritto come siamo siamo. Sei tutto casa, tutto famiglia? E tu sta' a casa. Ti ripigliano le smanie per la gente di fuori? E tu va' fuori. Meno ti baderò di qua e di là e meglio staremo."

"Cioè starai meglio tu, devi dire."

"Sia pure. Ma quando è provato che io non ci posso nulla, bisogna bene che pensi a me. Ne ho colpa io se non ti posso ridurre a meno strepiti quando sei buono, e a meno ceffi quando sei lunatico? Allorchè una buona non può andare senza un'altra, bisogna prenderle bene tutte due."

Confesso che questa conclusione non mi è piaciuta proprio niente.

4

"Ehi, dico, non vorrei che ti frullasse di farmi il muso in eterno, colla scusa che m'arrabbio quando ti passa!" principiò a dire mia moglie pochi giorni dopo. "Se ho fatto la brava quella mattina; è stato per lasciarti il merito di cambiare da te, ma ora, poichè ho perduto ogni speranza, parlo."

Quanta prosopopea! Cosa diamine c'era sotto?

Nient'altro che un bimbo. Mia moglie si guardò il grembo pudicamente e disse:

"Eccolo qua."

"Chi?"

"Chi ha già principiato a farmi forte contro di te. Tuo figlio."

Se io dovessi dire cosa mi passò pel capo in quel momento, mi ci vorrebbe un quaderno intero. Fu come uno spasimo di gioia e una penosa ebbrezza che dirompessero insieme dentro di me: gioia di sentirmi più vivo di un'altra vita, pena di veder precipitare la già fondata speranza che la mia venuta sopra la terra non dovesse costar salata che a me ed a mia moglie, e più a me che a lei. Questa mi vide così fuori della grazia di Dio che mi disse crollandomi le spalle:

"Che hai? Ti vien male?"

"No... pensava."

"A che?"

"Alla nostra povera piccina."

"Che piccina d'Egitto! È un maschio."

"Per ora lasciami l'illusione che sia una bimba. Mi piacciono molto più."

"E pensavi?"

"Che alla stretta dei conti nessuno le farà mai tanto male quanto gliene abbiamo già fatto noi altri due."

Mia moglie mi saltò agli occhi, poi cambiò idea e se ne andò, sclamando:

"Vatti un po' a far benedire, te e il tuo pessimismo da strapazzo! Ogni giorno ne hai una di fresca. Se non volevi figliuoli dovevi lasciarmi dov'era. Ma guardate che roba!"

5

(Chi avrebbe detto che mia moglie, così timida e così ingenua prima di sposarsi, diventasse tanto presto ciò che pur troppo è divenuta poi? Eppure doveva aspettarmela, perchè ne aveva visto delle altre, più spaurite e più tremule di lei da giovinette, assumere dopo qualche anno certe arie di dottoresse e di letterate che facevano venire la febbre, senza che avessero la scusa di vivere accanto a dei mariti fatti espressamente per viziare le mogli, come sono io. Questi mariti sono più sventurati di me, lo ammetto, perchè la mia non fa la letterata nè la dottoressa, oh no, ma fa bene la prepotente, ora dopo cinque anni, fa bene la trionfatrice, così senza parere, e se ne va per la sua strada come un bel drago volante che s'aggiri per l'aria, traendosi dietro una lunghissima chioma di capelli biondi, fini come la seta. Eppure era piena di buone intenzioni, quando l'ho presa di mano al tutore e al maestro d'aritmetica! Ha pazientato finchè s'è persuasa di avere sempre avuto la logica ed il buon senso dalla sua parte, e dopo la persuasione felicissima notte! Cosa volevate dirle? Aveva ragione lei! Ma se anche io riconosco di aver torto, ciò non mi giova menomamente. Tutt'altro. Dunque doveva trionfare con moderazione. Dunque doveva stare un po' male anche lei. Se non altro per il dispiacere di aver ragione contro suo marito.

A parte l'amore che m'abbia preso almeno un po' d'affezione? Poca finora, credo o tutt'al più mi vorrà bene alla sua maniera, cioè come ne vogliono quelle tali spose, che non ignorano punto di avere dei mariti i quali ne hanno anche di troppo di una donna sola, ma se dovessi andarmene, se dovessi andarmene presto, oh la vedovanza furibonda che sarebbe la sua!

Sì, me lo dico da me, io sono uno di quegli uomini i quali non si possono amar bene che dopo morti, lasciatemi questa illusione! I miei difetti sono così legati fra di loro che dopo basterà di scordarsene uno per scordarli tutti. E allora la bella, la nobile figura che sarò, così sbarazzato dal fumo che mi circonda ora e che se ne anderà in su piano piano, per lasciare che la mia memoria si ravvivi bene nell'aria pura delle mie virtù. Cioè, adagio, non sono veramente virtù le mie sono (per spiegarmi bene anche a costo di scrivere assai male) sono vizi che non ci sono, è un'altra cosa, ma è già sempre meglio di niente anche quando s'è vivi; figurarsi poi quando s'è morti! Diventano virtù teologali.

Ma sono egoista... direte. È vero, ho sempre avuto una grande smania di andar d'accordo cogli altri, soprattutto per star bene io, ma è un egoismo di buona pasta, questo, e voi sapete quanto ho sofferto, appunto perchè non mi è mai riuscito di stare bene del tutto. In ogni modo che io sia stato bene o male non vuol dir nulla. Ora la questione è di sapere se il mio egoismo potrà recare molta noia a mia moglie quando sarò morto. Mi par difficile, tanto poco gliene reca di già, ora che son vivo. Forse che essa non ne ha profittato per persuadersi presto come poco valesse la pena di confondersi la testa per amor d'un uomo? Forse che non si è giovata di questa persuasione, fatta a costo mio, per guarire anche troppo dell'unica debolezza della donna: del bisogno cioè di essere amata? io intanto, quale che ne sia stato il movente, son sempre rimasto colla smania opposta: quella di non voler male a nessuno, che è quasi quanto dire di voler bene a tutti, e mi è rimasta pur troppo così insaziabilmente che talora, pur di levarmela, ho voluto bene a certi stampi... oh Dio che stampi di uomini e di donne! Basta. Se le mie bollenti fantasie non si fossero esercitate che ad onore e gloria del sesso debole (debole!), se avessi un po' più sacrificato, come ora si dice, al femminino eterno (quello bello, badiamo!), chi sa che mia moglie non mi avesse amato più assai, o, per meglio dire, che non avesse avuto assai più smania che l'amassi io.

Ma mi avvedo che in questo paragrafo ho precorso gli eventi non solo, ma mi sono anche sbottonato troppo. Lo metto fra parentesi e voi o saltatelo, o state zitti, e rimaniamo fra di noi con questa conclusione, che cioè quando una donna non sente più il bisogno di essere amata, non è più una donna, è un ussero.

Col quale, se non vi dispiace, torneremo ora alla mia virago ed alla sua gravidanza).

6

Gli scellerati nove mesi che principiarono per me da quel primo momento in poi! Da una parte mia moglie, piena di voglie, di vapori e di capricci, e non pertanto assai più sacra ed inviolabile di prima; dall'altra me stesso: quel tale me stesso che ora, con tanto bisogno di smattanarsi fuori di casa, maledetto lui se ci riusciva una volta sola! Pareva che tutte le mie bestie nere si fossero date l'intesa per parermi bianche, tutte meno una, naturalmente, e con quell'una non mi ci poteva più sfogare, nemmeno con gli innocui miei metodi di prima.

Essa non voleva più ceffi, dunque via il ceffo non solo, ma la bocca ferma nel più tenero e stirato sorriso che si sia mai visto; essa non voleva più sentire stramberie, dunque via le stramberie... cioè, come si fa a non dirne quando s'è strambi? Non rimane che un modo solo: aver sempre sulle labbra l'opposto preciso di quello che si pensa in cuore. Oh che gesuita son diventato quei nove mesi! Tanto gesuita che mia moglie osò più volte di prendermi pel ganascino, e dirmi stringendo forte:

"Bravo, bravo, così va bene."

Andava bene, capite, andava bene!

Non aveva che due conforti: uno di pensare alla bimba, e l'altro... oh l'altro ho fin vergogna a dirlo, ma pure, poichè è vero, fuori! Ed era...

No, non va detto così. Bisogna prenderla un pochino più lunga. Vi è mai accaduto, quando l'avevate con uno, di trovare un terzo che ce l'avesse ancora più di voi? Vi ha fatto bene, almeno per il momento, è vero o non è vero? E così per il momento passava un po' anche a me, quando mi capitava di cogliere, non visto, qualche feroce occhiata della cuoca, della cameriera o della serva, tutte invelenite contro mia moglie che le faceva disperare più di prima, e tutte piene di protezione per me, che doveva sembrare in suo confronto una madonna infilzata, uno scaccino. Oh il gesuita che era io quei nove mesi!

Ma la cuoca, la cameriera e la serva stavano molto in guardia per non lasciarsi scorgere e facevan bene, perchè guai al mondo se avessi potuto imaginare che esse non ignoravano di essere state vedute da me quelle poche volte! E così queste piccole fortune divennero tanto rare, che alla fine dovetti dirmi:

"Oh bimba mia! Tu che hai già tanto guastato tuo padre, tu metti in luce, se ti riesce, qualche peccato mortale della madre tua! Mostramela cioè non già soltanto un pochino peggiorata in tutto e per tutto, come è veramente, ma con qualche bel viziaccio tuttora ignoto, quanto abbominevole ed esorbitante. Bugiarda, per esempio, vendicativa, magari calunniatrice, foss'anche soltanto provvisoriamente, foss'anche soltanto fin che vieni tu. Almeno ce l'avrei tanto con essa per qualche cosa!"

7

Apriti cielo! E anche voi apritevi, o lettori, che io versi nel vostro seno la divina ambrosia dei miei paterni affetti! Era una bimba. Una vera bimba. L'aveva tanto sospirata che mi aspettava due maschi, non uno. Eppure era una bimba. Oh che momento è stato quello! E dover anche accennare a tutti di far piano, di tacere, e dover dire più e più volte nell'orecchio di mia moglie:

"Sta' buona, cara, e riposa un po' senza muoverti, senza fiatare. Vedrai fra poco la bellissima creatura che tu hai fatto!"

"Un maschio?"

"Una bellissima creatura."

Mia moglie si mise a piangere. Io non ne ho colpa se in italiano non ci sono neutri e se quei pochi e posticci che abbiamo, come persona, come bestia, come creatura, sono tutti di genere femminile.

Escii dalla stanza per girare avanti e indietro nel giardino, dove mi son presa la testa fra le due mani, e ho detto fra me e me:

"Calmati. È proprio così. Tua moglie ha sofferto e non è stata contentata; tu non hai sofferto niente ed hai avuto il piacer tuo. È una bimba. Cosa farai per meritartela ora che l'hai avuta? Seguiterai a dire che tua moglie è troppo fortunata, e che c'è poco gusto a venire al mondo solamente per far star bene gli altri? Chi è che sta più bene da ieri in qua? Lei?"

Mi posi a sedere accanto un cespuglio e seguitai:

"Lo so, caro gesuita, come ti difendi. Tu non le hai mai torto un capello, non le hai mai detto "Tirati in là" Ammetti di aver pensato male, qualche volta, ma badi a dire che quella del pensiero è la libertà più derisoria che ci sia, e che bisogna badare all'intenzione. O di che cosa è fatta l'intenzione se non

29

di pensiero? Se un uomo è intenzionato di pensar bene e invece pensa male, chi è che n'ha colpa, chi è che risponde di questo conflitto? Nessuno?"

Mi alzai lesto lesto perchè capiva da me che stava per fare la parodia del monologo d'Amleto, e smettendo alla buon'ora di apostrofarmi, seguitai a dire concitatamente:

"Ma ora, se Dio mi aiuta, so proprio bene che intenzione avrei, senz'ombra di antagonismo fra me e me. Son finalmente un uomo solo, non due, non tre, non dieci come sono stato tante volte! Sono il padre della mia unica bambina, e avrei intenzione di arrotare la cuoca, la cameriera e la serva: le tre gòrgoni che hanno osato di guastare con occhi biechi e protervi la donna mia: quella donna che aveva sì intenzione di farmi un bambino, ma che invece, Dio ne la rimuneri, mi ha dovuto partorire una bimba. Oh perchè non siamo ancora al medio evo? Quello era un tempo felice e che belle soddisfazioni ci si poteva prendere! Un tratto di corda dopo colazione, due dopo pranzo, e la ruota prima di andare a letto. Così almeno si poteva dormir contenti. Ora invece, veri padroni di stoppa che siamo, ora bisogna tenere le mani a casa anche colla servitù. Ma ho un bel merito davvero se non le picchio, io che le arroterei, se potessi. Eccone una. Ecco l'altra. Eccole tutte quante che smuovono i vasi di fiori troppo vicini alla camera della puerpera. Guarda che faccie untuose fanno! E Dio sa come si godono di avere la gatta a letto!"

C'è qualcuno dei miei lettori il quale non abbia capito immediatamente che significava tutto questo? Significava che il mio povero mondo, abbastanza rivoltolato dalla prima tappa coniugale in poi, stava già per sommergersi nella seconda: uno strettoio più angusto ancora, quasi una gabbia. Addio umanità intera librata ora in alto ed ora in basso da una parte, a misura che mia moglie mi scendeva o mi saliva dall'altra! Addio larghezza di cuore capace di accogliere uno alla volta due grandi struggimenti, e vivessero pure, alterni, parassiti, a spese reciproche! Ora la grande famiglia umana aveva ceduto la sua lance alla piccola famiglia domestica, nel peggior senso della parola, e la nuovissima apoteosi di mia moglie doveva irradiare la sua luce sopra un'ecatombe di cuoche, di cameriere e di serve. E m'era illuso fino a credere di non essere più a diritto e rovescio come prima! Così diviso fra le tre fantesche di qua, e di là quella santa persona che dormiva per la prima volta in sembianza di madre!

8

Quanto hanno ragione le donne di cercar marito per mare e per terra! Marito vuol dir figliuoli, e chi può dire la festa di una giovane madre col suo primo bambino in collo! Quando gli corre intorno la culla, e lo scalda del suo respiro, e gli canta le canzoni dell'anima, col cuore che le giubila in petto, col paradiso che le ride negli occhi! Mia moglie pareva un'altra. Non già che fosse mai stata male nè per colpa mia nè meno ancora per colpa sua, ma pure stava meglio egualmente, oh quanto meglio! Si capiva benissimo che era diventata madre senza avere avuto prima un sufficiente sentore della maternità, e che si maravigliava continuamente di ritrovarsi in cuore un così grande affetto. Chi non era niente maravigliato delle proprie viscere paterne era io, io che m'aspetto sempre le cose più grosse il doppio di quel che sono, e benchè mia moglie non mi lasciasse mai cavar la voglia della mia bambina.

La voleva sempre lei, questo s'intende come se l'avesse fatta tutta da sè, ma c'era di buono che non mi aveva inflitto il supplizio di una quarta megera vestita da balia. Quello sarebbe stato un bel piacere! Il nostro sangue nudrito di sangue pagato! Di sangue servile! Io che allora avrei dato non so che cosa per poter far senza di tutto il servidorame, tanto m'era già persuaso che tutti, uomini, donne e ragazzi, non valessero punto meglio delle prime tre. Più ancora. Che fossero tutti peggio! Almeno quelle si erano date a conoscere, ma gli altri che facevano i modesti e gli affettuosi a un tanto il mese, senza nemmeno lasciarsi cogliere a guardare di mal occhio i poveri padroni! Altro che peggio!

E così, con questo abominio per vescicante, io m'era già rassegnato a non portare la bimba in braccio che un par di volte al giorno a dir molto, pur di avere il gusto di metterle il visino contro le mie guancie, e di sentirmi fare il solletico piano piano, quando essa mi andava tastando qua e là per vedere se era mangiabile anch'io come sua madre.

Oh come siamo andati bene mia moglie ed io finchè abbiamo allattato la nostra bambina!

9

Dire che ci sono delle malattie fatte apposta per le creature quasi appena nate! Io non ci aveva mai pensato, ma quando ne fu presa la mia mi pareva impossibile, come se si fossero ammalati tutti i fiori della terra e tutte le stelle del cielo. Dieci giorni di seguito in alto mare, colla bimba che non mangiava, che non beveva, che rigirava gli occhi senza mai smettere di piangere! Dio me l'ha salvata, ma ho sofferto poco meno che se l'avessi persa, tanto era persuaso che un po' di colpa ce l'avesse avuta sua madre, la quale, per l'orgoglio di far vedere come era bella, come veniva su bene, non l'aveva tenuta riguardata abbastanza, malgrado che i bimbi ci cadessero intorno a centinaia come tante mosche. Quando è che troveranno il modo di andar su in pallone a piacimento? Ci sarei stato tre anni, io, e a tu per tu con mia moglie, pur di avere la bimba fuori di pericolo!

Appena rientrati in porto, mi ritrovai due bei ciuffetti di capelli bianchi sopra le tempie. Credete che fosse giudizio ritardativo? Oibò! Erano gli anni, nient'altro che gli anni! Perchè se da una parte m'era già detto più volte come non valesse la pena di pigliarmela tanto calda contro persone che avrei potuto levarmi dai piedi quando avessi voluto, dall'altra badava ad osservare continuamente che mia moglie era già passata, dopo la teorica, alla pratica dell'indifferenza, che era tutta per la sua figliuola e niente per me, e che nemmeno sapeva impuntigliarmi a volerle bene, facendomi credere o capire di averci rabbia. O forse che vi piacerebbe vedere una persona prendervi sempre come siete, oggi bello e domani brutto, e mai sul serio nè brutto nè bello? A me non piaceva niente. E qui non vale di venirmi a dire che il sistema le era stato suggerito da me, quando le aveva detto di pigliarmi oggi come sono oggi e domani come sarò domani. Mi era inteso in un altro senso, che diamine! Mi era inteso che si compiacesse ovvero che si addolorasse meco dello stato mio, e non già che mi stesse a guardare volta per volta, senza compiacimento e senza dolore. Almeno coi miei poveri vassalli c'era stata un po' di soddisfazione a suo tempo, ed essi non mi avevano mai lasciato apparire da una parte, che non li avessi visti correre a principiare od a finire qualche cosa d'importantissimo dall'altra.

10

Un giorno che non ne poteva più ho presa la mia bimba e le ho fatto una gran predica in giardino:

"Ascolta, cara. Se io non avessi patito d'antipatie, non mi sarei sposato, e tu non saresti qui fra le mie braccia. O al più qualche altro babbo si porterebbe a passeggiare quella parte di te che appartiene a tua madre, non la mia. Io dunque, a guardar le cose superficialmente, non dovrei rispondere che di mezza te, ma non è vero. Di tutta te rispondo, perchè tua madre avrebbe potuto combinarsi meglio con un altro uomo che non si sia combinata meco, e chi può dire quanto vantaggio non avrebbe recato questa miglior combinazione all'altra creatura umana, un po' te e un po' X, che fosse venuta al mondo in vece tua? Nessuno, ma tu ci puoi rimediare ed il rimedio è questo:

"Stringiti sempre intorno a tua madre non tanto col corpo quanto coll'anima tua, assorbi perennemente ogni manifestazione del suo pensiero ed ogni movente che ti riesca di spremerne; bevi, assimilati i suoi istinti congeniti, le sue propensioni acquisite, e fatti forte dei suoi codici, della sua morale, della sua comoda giurisdizione di sè medesima. Insorgi, battagliando da mattina a sera, contro tutto quello che tu possa avere di mio dentro di te; chiudilo anzi in un cerchio di ferro perchè non si muova e non si affermi mai, e quando la figlia di tua madre avrà bene trionfato della figlia mia, bada che non ti prenda mai pietà di lei, e seguita sempre finchè non le avrai tolto, colla voce, il voto. Via le grandi e le piccole stranezze del tuo povero babbo, via le travagliate alchimie del suo pensiero, agli sterpi il suo abborrimento delle proprie goffaggini, alle ortiche la sua mania di rimeritare d'amore le più involontarie e più fuggevoli antipatie, al diavolo il suo eterno malcontento di sè stesso! Contentati anzi di poco, quando si tratterà di te, ma questo poco fallo valere come se fosse assai, un po' attingendo forza dall'altrui debolezza, un po' dandoti a credere per beatissima di te medesima. A forza di darti a credere, diventerai, e allora che bella e grossa vita la tua, senza pii desideri di fisime, senza tentativi falliti d'idealità! E come lo guarderai d'alto in basso anche tu questo tuo povero babbo,

31

che non si sarà ancora rassegnato ad avere i difetti che ha, che li avrà combattuti ad oltranza per il gusto di non cavare mai un fico secco dai suoi combattimenti, o che se occorre sarà già anche morto, più piccolo e più meschino di quanto è nato! Osservarti? Perchè? Per mettere a protocollo i tuoi mancamenti, le tue contraddizioni, i tuoi voltafaccia cogli altri? Importa assai quando tu seguiti a volere bene a te, e quando tu non abbia scrupolo di comparir bene a spese altrui! Contentati, contentati come la mamma e prospererai come lei."
La bimba si era addormentata profondamente fin dalle prime parole, ma io l'ho baciata così forte che si svegliò e ne pianse. Altrimenti avrei pianto io.

11

Forse era meglio. Chè lo sfogarsi in lacrime vale molte volte quanto rimandare a tempo indeterminato una catastrofe, o a rimandarla per sempre. Non ho pianto, no, ma mia moglie, di giù che era in quel momento, ha continuato sempre a discendermi ancora più giù. Un po' che duri (e non può non durare in eterno) mi arriva agli antipodi e poi seguita ad andare avanti dall'altra parte. Non c'è più che lei al mondo che mi dia noia, eppure l'alternativa c'è ancora, e me la son fatta da me, soggettivamente, in questo senso: che se cioè mia figlia sta bene, ce l'ho colla moglie, e se mia figlia sta male, ce l'ho colla madre. Ma o con quella o con questa sempre, di una che sono fra tutte due. Così faccia Cristo che ce l'abbia sempre colla moglie e mai colla madre.
Ho scritto che costei non può non seguitare in eterno ad andarmi giù, e sono profondamente persuaso di avere scritto la verità, perchè la cosa è ormai giunta a tal punto che non c'è più nè vecchi cancheri nè nuovo servidorame che possano rialzarla mai dentro di me. Appena appena se avessi per mia disgrazia due bambine invece di una, e mi stancassi un bel giorno di volere più bene quando alla prima e quando alla seconda e mai e poi mai a tutte due egualmente, appena allora, dico, potrei togliermi allo spettacolo della mia biasimevole condotta paterna, ritornando, anche per castigo, a mettere il nimbo sul capo di mia moglie. Ma così, con una bambina sola, come ho da fare? Ho da pigliarmela con lei per mandar su sua madre? Mi tiro il collo, piuttosto, e mi gingillo fin che campo le mie due donne in una. Basta che non muti colla figlia mia.
Sì, sì, son fisso oramai, e voglio tanto bene alla mia bambina, che questo gran bene mi ha finalmente spiegato di molte cose. Ho capito cioè che io mi ritrovo con poco amore da distribuire in terra, che questo poco amore me lo devo tener ritto a forza di... contrappeso, e che più quello, affermandosi, mette radice, più ne mettono tutti e due. Ora la mia bimba s'è pigliata tutto il mio cuore, ora mia moglie si digerisca tutte le mie antipatie. Già di peccati mortali non gliene mancano, e poi, in conclusione, sono io che li sconto, non è mica lei. Anzi qui, se non ci fosse l'ostacolo della rima, direi che sconto i suoi ed i miei. Bella vita stare accanto ad una persona la quale non possa dire bianco al bianco senza che mi venga una gran voglia di rispondere che è nero! Non lo dico, s'intende, ma intanto mi arrostisco da me come una candela accesa di sopra e di sotto, e non ho altro conforto che quello di gridare ai quattro venti che son già precipitato nella mia terza tappa coniugale, e che non ne posso escire che per il rotto della cuffia. È l'ultima, lo so, perchè peggio di così non può più andare, ma in fe' di Dio che anche questa è una gran bella soddisfazione!

12

Ho esposto a nudo l'anima mia.
Io sono un caso grave, lo so, e per questo mi sono preso ad esempio, ma quanti non ce ne sono che incappano più o meno dentro alla mia categoria! Costoro mi stieno ad ascoltare quando li chiamo e dico:
Io non ho nè la voce nè l'autorità di Schopenhauer per predicarvi il Nirvana, ma ben vi posso dir questo: che, cioè, non prendiate mai moglie avanti di esservi ben persuasi che il celibato non vi conferisca. Io credeva di stare male da celibe, ma se avessi pensato con un po' più di giudizio e di discernimento alle mie alte e basse maree, ai miei fluttuosi e vacillanti affetti, avrei dovuto capire che meglio di così non poteva stare. E qui mi aspetto questa vostra obbiezione: che, cioè, se anche ho

scapitato, sposandomi, pure ci ho avuto un gran conforto nella persona della mia bambina. È un discorso che va bene per me, questo, non per lei che mi preme più assai di me. Chè se essa terrà da suo padre, come è probabile perchè è una bimba, starà male al mondo come ci sono stato io, e se invece terrà da sua madre... farà stare poco bene gli altri. Ma lasciamo di me e di lei. Io ora parlo con voi, e vado avanti, e dico:

Se voi state male, e ritenete sul serio che dipenda alla mancanza della moglie, beati voi! ve la potete prendere; ma se dopo sposati state peggio, e vi accade di mettervi in capo che ne abbia colpa lei, o che rimedio avete? Dividervi? Divorziarvi? Spartirvi i figliuoli? e se ne avete uno solo lo spartirete a metà? No, No, prender moglie potete sempre fin che siete giovinotti, ma tornar celibi quando avete moglie non potete più, e anche il divorzio, fin che durano i nostri costumi, sarà sempre come una bella dentiera, come una bella parrucca. Potranno ingannare chi le vede, ma chi le ha in capo e chi le ha in bocca no. Sanno troppo bene cosa c'è sotto.

Gran peccato che mia moglie non mi possa chiedere cosa ci sarebbe stato sotto nel caso nostro. Le risponderei volentieri:

"Nientemeno che la grandissima afflizione di persuadermi, dopo diviso, che anche tu dovevi pure avere il tuo lato buono. E lo avrei trovato, ma dopo diviso. Così invece è meno male, perchè niente mi vieta di dar la colpa a te dei miei guai presenti e futuri, ben persuaso come mi ritrovo che tu, colla scusa delle mie lune e della impossibilità di guarirmene, sia incorsa meno in un grande errore: un errore di massima che ha già guastato molti matrimoni e che seguita a guastarne continuamente, colpa le mogli. Che tu cioè non abbia mai avuto altro in mente che di farmi fare quello che volevi tu, che o secondandomi o pigliandomi di fronte tu ci sia riuscita a maraviglia, e che nondimeno (dico nondimeno perchè fin qui ci sarebbe stato poco male) tu abbia sempre ritenuto che non me ne accorgessi.

Invece me ne sono accorto."

Speriamo bene che il lettore non vorrà farci il grandissimo affronto di ritenere che noi ci siamo intesi di rompere una lancia in pro del celibato, così poco frequente come è di già. Sarebbe stato un bell'intendimento! Bensì abbiamo voluto esporre i capricciosi effetti del "dolor del mondo" sopra un uomo buono e pieno d'amor proprio, ma debole, il quale, appunto perchè debole, fosse tratto continuamente a valersi degli altri uomini, come di pretesti o di occasioni allo stato morale che recava in sè. Dategli poi una donna che sappia quel che voglia, e starà fresco bene, come avete visto. Prima gli farà la controscena, come per dargli la chicca, poi perderà la pazienza, e lo metterà in castigo. Invece il bimbo (con vent'anni sulla schiena da star seduto, ed altri venti da star in piedi) non aveva nessun bisogno di questi due metodi, non buoni ad altro che a farlo peggiorare a vicenda, e nemmeno fors'anche di un'altra moglie, ben preparata ad amarlo sempre ed a soffrire moltissimo, a seconda che gli avesse girato... no, il bimbo aveva bisogno di liberarsi del "dolor del mondo", lui che lo sentiva tanto, ciò che significava press'a poco o di non avere mai rischiato di provarlo, col nascere, od almeno di averlo preso fin dapprincipio come lo prendono molti altri, destinati a stare anche più male di lui. Ma tutti non possono avere la bella fortuna di conoscere troppo sè medesimi, e nemmeno il tempo di stare lì a scrutare come mai in giugno avessero in cuore una avventata e piccola ruggine, ed in luglio ce n'abbiano un'altra. Tanto le hanno. Qualora poi sieno così deboli da non sapersene sbarazzare, e non se ne giovino per far male a nessuno, se le possono anche lasciar passare tutte due. È sempre meglio che le cambino... alla peggio.

"Dolor del mondo" è voce tedesca, è vero, ma la inquieta condizione d'animo che rappresenta non rimane di essere di tutti i luoghi e di tutti i tempi. Per i suoi ben diversi effetti sopra ben altri e ben maggiori uomini, vedete (diciamone due soli) l'Ecclesiaste e Leopardi. Che cosa importa se essi non le diedero un nome, come fecero di là delle Alpi? Ne conobbero bensì la cagione nella necessità della miseria umana, quanta o quale che sia, e additarono così questa medesima e compiuta conoscenza come l'unico e ben relativo refrigerio nostro. Perchè fu dunque urtato più del bisogno il mite osservatore di poco fa? Perchè, in luogo di adagiarsi molto più spesso, ed almeno per intesa dire, alla causa necessaria ed universale del "dolor del mondo", si perdette, come abituato ad osservarsi troppo, nello spiarne gli ambigui e particolari effetti sopra sè medesimo.

Questi effetti potevano parere bizzarri a chi li avesse riscontrati di quando in quando in altrui, ma egli se li vedeva dentro, e se li faceva anche esasperare maggiormente col guardarli sempre. Cara quella bizzarria.

Novelletta

I

L'Edda di Florio, capitano Graf, viaggiava anni sono da Genova a Palermo, ed io, che doveva andare a Napoli, ne profittai da Livorno in là, col più bel tempo che si possa immaginare. Una buona stella mi fece arrivare a bordo quando precisamente i primi stavano per mettersi a mangiare, e non più tardi di cinque minuti dopo era già seduto a tavola, con un colonnello dei bersaglieri a fianco, due Messicani di fronte, e il capitano in mezzo, cinque persone in tutto. Quest'ultimo, a malgrado del suo nome, era siciliano quanto Giovanni da Procida, e sapeva fare il padron di casa da vero gentiluomo di mare, ma per quanto di buona volontà ci si ponesse tutti, pure, colla lingua francese di quei due Messicani, non c'era proprio verso di mandare avanti la conversazione. Li secondammo, nonostante, il più che si potè, e quando con l'aiuto di Dio si chetarono, e ci fecero capire che non ci capivano più, perchè avevano già smaltito le cinquantacinque parole imparate a memoria nel passar l'Atlantico, allora fu un'altra cosa e s'andò avanti in italiano fra di noi tre, senza più interromperci che ad ogni bicchier di Marsala, per brindare ospitalmente al Messico, all'istmo di Panama, al Niagara ed al Missippì. È buono il Marsala di Florio, e se il maggiordomo dell'Edda avesse seguitato a far vuotare, io mi sentiva dispostissimo a passare in rassegna tutto quel po' di geografia americana che mi ritrovo in capo, con grandissimo soddisfacimento di quei due signori.

Ma quegli scappò via come una saetta per sovrintendere al pranzo dei secondi, e noi cinque rimanemmo a tavola col caffè davanti. Il colonnello era siciliano anch'esso, e bastò un momento di distrazione sua e di Graf, perchè mi credessi improvvisamente mutato in americano anch'io, tanto poco li capiva e l'uno e l'altro. Parlavano l'almo linguaggio di Giovanni Meli, che noi del settentrione possiano appena appena masticare a spilluzzico ritrovandolo scritto, e commentato, e tradotto, ma quando lo parlano, santo Dio, che roba!

Si ravvidero entrambi quasi subito, e mi chiesero scusa della distrazione, poi il capitano dovette muoversi pei fatti suoi, ed io me ne andai a passeggiare sopra coperta col colonnello, lasciando i due Messicani tutti assorti a decifrare un giornale mercantile, raccattato a Livorno, dal quale stavano spremendo una specie di oroscopo sul commercio dello zolfo: unico obietto del loro viaggio artistico in Sicilia.

Il colonnello giudicato così alla grossa dai bei mustacchioni bigi, dal portamento e dalle rughe del viso, poteva avere circa sessant'anni, ed era alto ed aitante della persona. Guardava fermo in viso nel discorrere e si esprimeva sempre con molta disinvoltura, ma vi era pure un che di così curioso nel suo modo di parlare, da valere proprio la pena che io mi studi di darlo ad intendere, per difficile a dire che esso sia. Appena cioè i suoi discorsi tendevano ad animarsi un pochino, e subito subito la sua voce principiava a discendere anzichè a salire, per assumere poi dei toni tanto più morbidi e tanto più carezzevoli quanto più, seguitando egli ad animarsi, avrebbero dovuto essere più risentiti e più forti. Era indole contradditoria? Era studio per far più effetto? Io non me lo sapeva dire, ma è certo che nessuno si è mai imbattuto in un più palmare contrasto fra la voce d'un uomo e il sentimento delle sue parole.

Dato e conceduto poi che io non appartengo punto a quella categoria di seccatori, i quali, appena si abbattono in un militare in divisa, od anche semplicemente in una persona investita di qualche pubblico ufficio, si credono subito in diritto di chiedergli che faccia di bello, donde venga, dove vada, e quante lire abbia in tasca, così non sarò io di certo che potrò contentare il mio curioso lettore narrandogli tosto che cosa il colonnello avesse fatto a Genova, o perchè se ne andasse a Palermo. Veniva dal Nord, e andava verso Sud, precisamente come il nostro vapore: ecco tutto. Io mi prendo solamente quel che mi danno, in casi simili, e ne ho di grazia per passare il tempo. Ma il colonnello è stato così generoso con me quella sera, che io pure, alla mia volta, non voglio esserlo meno col mio curioso lettore, nella dolcissima lusinga di fargli fare la mala notte che ho fatto io, quando mi congedai alle dieci per andare a dormire. Cioè adagio: per andare a letto. Avrà dormito il colonnello, forse. Chiacchierando così del più e del meno, mi venne la infelice idea di parlargli dei suoi paesani da me conosciuti fino a quel giorno, e dopo una filza di cinque o sei persone, o poco più, il discorso mi cadde sopra di un tale, che si trova da quasi trent'anni sul continente, e che non ha mai rivisto sua madre, rimasta sempre nell'isola, ed ora quasi nonagenaria. Aggiunsi altresì che cosa egli risponda quando lo si incoraggia a ripassare lo stretto, e cioè che non ne vuol sapere, perchè è sicuro di starne peggio che mai, dopo tanti anni di lontananza.

"Peggio!?" mi chiese il colonnello.

"Sì. Egli teme di soffrire tanto nel dover abbandonare di nuovo e per sempre la sua vecchietta, che il piacere di rivederla debba risultare al paragone assai assai più piccolo."

"Non gli creda!" mi rispose il colonnello.

"Perchè?"

"Un uomo che la va a pigliar così lunga nelle previsioni, non ama più sua madre. L'ha amata, può darsi, ma ora gli è divenuta indifferente. Teme però di rivederla, per paura di rinnovare l'affetto, e di soffrire più assai quando fra poco gli dovrà morire."

Il colonnello pronunziò questa tirata alla sua maniera, cioè con un crescendo di... pacatezza, ed io rimasi lì senza dir nulla, un po' per la fulminea rapidità di quel giudizio, probabilmente giusto, un po' perchè mi venne subito una gran voglia di chiudermi a chiave nel mio camerino. Non mi piacciono molto, se devo dire la verità, gli uomini che s'intendono troppo di cuore umano, e credo che piacciano pochissimo a tutti. Fin che si rivelano da lunge con dei libri o con delle commedie, va benone, ma starci sotto a quattr'occhi, non va niente bene.

Il colonnello notò subito la mia faccia scura, e disse, interpetrandola a modo suo:

"Vedo che il mio insanabile pessimismo le ha fatto impressione e mi voglio scusare, narrandole subito una storiella, che le posso garantire per esattissima, e che non mi ha lasciato addosso una gran fiducia nei vincoli di sangue, nemmeno nei più stretti."

Mi son sentito venire i brividi, e proruppi: "Oh Dio, sarà una storiella malinconica, ci scommetterei! M'importa assai di quel Siciliano! Lo vedo una volta ogni sei mesi tutt'al più. Non me ne sono già avuto a male per lui, creda pure. È stato un po' di umiliazione, vedendo lei in un minuto secondo imbroccare forse più giusto di me in tre anni. Guardi laggiù piuttosto. Il capitano ha invitato i secondi nel salottino del pianoforte, e c'è una signora che canta il walzer di Madama Angot. Non è meglio che l'andiamo ad ascoltare?"

"No davvero. Miagola troppo. L'ho udita sere fa in un teatro di legno, a Genova, e me ne è passata la voglia finchè campo. Sono in due, marito e moglie, uno cala di mezzo tono e l'altra cresce. Quando s'uniscono pare cha abbiano il mal di mare. Non ci vuole meno della gentilezza di Graf per non farli incatenare entrambi giù nella stia. Se sapesse quanto Boccaccio e quanta Belle Hélène ci hanno inflitto iersera dalla Spezia in giù! Mi son dovuto rifugiare qui, dal mio cavallino."

Povero baio! Era all'aria aperta, ma faceva compassione egualmente. L'avevano legato fra quattro pareti di legno, poco più basse di lui, con sotto il ventre una grossissima tela, tirata a forza più su del ginocchio, sulla quale doveva necessariamente cadere in tempo cattivo, senza pericolo di rompersi le coste nei lati del suo angustissimo casotto. Non poteva muovere liberamente che la bella testina, che usciva fuor delle pareti, e che penzolava malinconicamente in qua ed in là, come se fosse stata quella d'una gran testuggine fuor della scaglia. Il colonnello se la prese adagio adagio fra le mani e se la pose sulla spalla, dove rimase ferma ben volentieri, mentre il padrone carezzava il collo. Povero baio! Mi stava guardando con due occhi mansueti, lacrimosi, pieni di bontà e di rassegnazione, quando d'immobili che eravamo tutti tre, demmo tutti un grandissimo scossone, e il nostro bel gruppo si sciolse immantinente. S'era dato in secco? Ci avevano investito? No. Era stata una feroce stonazione dei due coniugi: una stonazione che avrebbe bastato per fare spiritare i cani, nonchè i cavalli.

Il colonnello, come più avvezzo, si riebbe prima di me, e disse:

"Ha udito? Ho ragione sì o no?"

Io non gli risposi, sì dentro impietrai. Impietrai tanto che l'anima mia dovette rifugiarsi, come paurosa, nel seno del suo Fattore, sclamando:

"Dio santo e buono! Tu mi hai dato oggi le più belle prove dell'amore tuo. Mi hai suggerito di viaggiar per mare, e il mare è buono; mi hai disteso innanzi questa cerulea bellezza d'acque, ed io non ho che a voltarmi intorno, per sentirmi come penetrato della tua grandezza. Non bastava. Ora mi fai discendere il sole a ponente, e mi fai alzare la luna a levante. Da una parte il cielo è già tutto una gloria, dall'altra il mare è già tutto uno zaffiro. Potevi tu essere più buono, più amorevole, più grazioso meco? No. Ma ci sono i miei simili che stanno per guastare la tua opera santa: c'è un colonnello che mi vuole raccontare una sua buia storia d'orrore, c'è la figlia di Madama Angot che seguita a... cantare con suo marito. Oh perchè, mio Dio, non hai mandato in mia vece il mio simpatico lettor curioso? Oh quello no, non ha bisogno di far vita contemplativa la sera, per poter dormire la notte. Egli se la gode quando può sapere i fatti degli altri, egli ci s'ingrassa dentro, egli non capisce che la noia è il più sacro, anzi il più divino di tutti i soporiferi!... io sarei stato fermo qui per un paio d'ore; il mio pensiero si sarebbe annegato in questa infinità, come dice Leopardi; poi sarei sceso a leggere i ringraziamenti dei viaggiatori nell'album di Graf, mi sarei seccato bene... e avrei dormito. Tu invece lasci guastare l'opera tua!!"

Nessuno può dire quanto tempo avrei seguitato nelle mie lamentazioni, se il colonnello non si fosse pensato di scotermi colle più aspre note del suo vocione da parata, dicendo:

"Venga. Il meglio che possiamo fare è di ricoverarci nel salone dei secondi."

II

Il salone dei secondi era già pieno di fuggiaschi intenti a giocare a scopone, e che ci accolsero guardandoci di sotto in su, come due intrusi. Il colonnello tirò avanti senza darsene per inteso, e mi rimorchiò ad un cantuccio bene illuminato, che era rimasto vuoto, a cagione dell'elice li presso. Ci ponemmo a sedere con quell'altra musica rabbiosa accanto, e il mio esecutore principiò a sciorinarmi la sua storiella. Ma patti chiari: ormai vi ho già detto che modo di parlare fosse il suo, e non mi voglio interrompere ogni momento per notarlo ancora; fate voi piuttosto una cosa: leggete forte. Quando i suoi discorsi vi pareranno più languidi, e voi dateci dentro rabbiosamente; quando più mossi, e voi coloriteli colla più patetica mellifluità. Vedrete che è un bel divertimento, e di poco inferiore a quello che ci ho trovato io nell'ascoltare, coll'elice sotto.

"Io ho l'abitudine," disse, "di fare i bagni a Ragaz, in quel di Coira, e di passarci quasi tutte le mie vacanze, benchè i luoghi sieno poco ameni e pochissimo pittoreschi, se non ne togli la vicina gola di Pfeffer. È una buona cura che placa i nervi, e che rimonta più o meno la gente che ha vissuto un po' troppo in furia, come si usa da per tutto dal quarantotto in qua. Le signore, anzi le gran signore, vi accorrono a frotte da ogni paese, nella speranza di lasciarvi qualcuna di quelle loro complicate ed innumerevoli malattie di donna, nelle quali noi maschi non riusciamo mai a capire il gran nulla. Sarà isterismo, sarà sterilità, sarà soprattutto uggia del marito o noia dell'amante, tanto si curano, e qualcuna guarisce, dicono. La società che si raduna nei migliori alberghi, serba un contegno di decente compostezza, che non esclude nè una qualche famigliarità fra le persone che vengono da uno stesso paese, nè una certa etichetta fra quelle che si trovano come balestrate lì dai quattro canti d'Europa. Nullameno si mangia tutti insieme, ci si trova tutti i giorni a udire la musica insieme, i vecchi del luogo si riconoscono volentieri di dovunque vengano, e le più eleganti signore non hanno che ad apparire a tavola, per essere accompagnate a sedere da un lungo strascico di ammirazione, la quale, benchè soltanto pensata ovvero espressa piano piano in molte lingue, pure non perde nulla della sua eloquenza. È insomma una società a modo, dove un vecchio barbogio come me può anche far l'orso quando gli frulla, senza pericolo che gli taglino i panni dietro, e dove i giovani d'entrambi i sessi, per poco che suonino, o cantino, o ballino assai bene, trovano presto il modo di campare là là senza gran noia.

"Io stava a letto in dormiveglia una mattina di questo agosto. e mi pareva di sognare di avere un pendolo accanto che accelerasse continuamente le sue vibrazioni, ticchettando sempre un po' più forte. Dàlli e dàlli mi scossi un pochino, e ripensato che io non aveva certo nessun orologio in camera, venni a chiarirmi adagio adagio che si seguitava da un pezzo a picchiare molto discretamente all'uscio mio. Apro subito e vedo nientemeno che il direttore del Quellenhof, cioè del mio albergo, il quale mi accenna di parlare assai piano, e mi dice pianissimo che la signora sotto la mia stanza era stata sorpresa nella notte da un parto anticipato, che essa e la creatura stavano molto male, e che però gli permettessi di fare stendere sul pavimento certe gravissime striscie di tappeto, le quali avrebbero smorzato il romore dei miei passi quando mi fossi alzato. Tornai sotto in punta di piedi, limitandomi naturalmente ad affermare del capo, e subito dopo quattro camerieri entrarono come se volassero in camera mia, stesero le striscie, ed il capo di essi, che era milanese, mi venne accanto all'orecchio prima di andarsene, e mi disse, quasi ronzando: — Sa? È la principessa. — Balzai di nuovo a sedere come trasognato e quello subito: — È arrivata all'improvviso per una piccola visita, e non abbiamo potuto alloggiarla nel suo solito quartiere. Stava occupato. Povera e buona signora! Mi dispiace più per lei sola che non mi sarebbe spiaciuto per tutte l'altre insieme! —

"Questa uscita, troppo partigiana, va spiegata così. Antonio milanese era il cameriere prediletto della nostra piccolissima colonia italiana; questa colonia non vantava altre signore che l'ammalata, e questa ammalata avrebbe certamente durato fatica a trovare qualcuno che non le volesse bene, sia che lo avesse cercato fra i suoi pari, come assai più in giù.

"Era brutta, poverina, brutta senz'altro ma cortese, ma colta, ma carissima. Aveva un certo modo di parlare così squisitamente mesto e gentile che ben ritraeva dell'anima sua, come la voce, come lo sguardo, come tutti i più piccoli movimenti della sua bella persona. Sì, bella persona: il viso era patito, gli occhi infossati, la carnagione poco men che tetra, ma ciò non ostante la nobiltà del portamento, e le linee aggraziatissime delle sue membra dovevano attrarre tanto l'attenzione di chi l'avesse vista per la prima volta che poi... poi ognuno si sentiva come costretto a sorvolare sul rimanente, per non occuparsi che di lei sola, e della poca salute che mostrava di dovere avere. Quanto aveva sofferto da bambina in su, ed in Sicilia dove era nata, e dovunque, e sempre! I medici di Palermo, all'usanza dei medici di tutto il mondo, avevano pensato bene di sbarazzarsene già da gran tempo, mandandola a vivere in un clima affatto differente dal nostro, cioè a Ginevra l'inverno e sulle vette montane il miglior tempo, colla sola interruzione della cura a Ragaz. Ci era già venuta più volte e, a malgrado del suo stato, aveva disgraziatamente voluto apparirvi anche quest'anno, pur di giovarsi dei consigli e della devota amicizia del dottor Kaiser: un medico il quale non ha certo nulla che fare colle solite fumose celebrità balnearie... che Dio ci scampi dal ritrovarcele intorno al letto.

"Io non l'aveva conosciuta che a Ragaz per parecchie stagioni consecutive, ma le voleva molto bene egualmente, e l'avvisava ogni anno dell'epoca precisa nelle quale avrei potuto svestire il soldato e trovarmi accanto a lei, per parlarle spesso della cara e lontana isola nostra. La principessa, come più libera del suo tempo, soleva arrivare sul luogo poche ore prima o poche ore dopo di me, e mi veniva incontro come se fossi stato, non dirò il suo babbo, ma il suo padrino almeno, studiandosi di farmi credere di avere guadagnato nella sanità, o sopportando poi con una pazienza d'angelo tutte le mie lune di misantropia e di mutismo. Durante queste lune, non molto rare, sedeva a crocchio nel salotto di conversazione con due o tre bellissime signore tedesche, senza curarsi punto di farle apparire ancora più belle, e quando l'umore mi aveva assassinato bene per un paio di giorni, ed io ritornava ad essere un uomo di questo mondo, se ne avvedeva subito da sè, e mi volgeva di bel nuovo il discorso come se fosse stato interrotto cinque minuti prima e senza colpa mia. Quelle son donne! E pensare che era capitata in mano di quel suo marito! E che gli voleva bene!"

Il colonnello, per colorire maggiormente la sua avversione, si coperse il volto con ambo le mani, mentre io deplorava dal profondo dell'anima che le sue lune svizzere lo avessero rincorso anche sul Mediterraneo. Se le sarebbe tenute per sè le sue allegrie!

"Questo marito non mi era mai andato giù bene," seguitò a dire, "e nemmeno nei primi momenti, benchè fosse bellissimo quant'altri mai. Un uomo cogli occhi neri e così biondo e bianco di pelle come era lui, io in Sicilia non ce l'ho mai veduto, senza parlare della statura prestantissima, e delle più dicevoli proporzioni di tutto il suo corpo, il quale non era certo destituito d'eleganza, per poderoso che fosse. Ma non mi piaceva la sua voce, troppo secca, non gli zigomi, troppo sporgenti, non soprattutto lo sguardo che fuggiva sempre di scontrarsi con quello degli altri, e nemmeno, per passare in un altro campo, la sua troppo corretta maniera di trattar la moglie. Li aveva adocchiati più volte e per più anni di seguito dalla mia finestra soli soli nel parco, essa talvolta appoggiata al suo braccio per fare due passi, talvolta a sedere accanto a lui ritto in piedi. Per attentissimo che egli fosse ad ogni movimento della moglie onde aiutarla quando ad alzarsi e quando a muoversi, pure il suo contegno troppo gelato per un uomo del mezzodì, e la grandissima sobrietà di parole con la quale rispondeva tratto tratto ai discorsi di lei, mi pareva che facessero... che so io... brutto vedere. Se fosse stato il suo castellano, il suo maestro di casa, od anche il suo medico, egli avrebbe potuto essere preso per un galantuomo, intento a fare coscienziosamente il debito suo... ma come sposo no! Avrei anzi giurato fin dai primi anni che se la moglie fosse stata così forte e così sana quant'era lui, essa non avrebbe occupato che il menomo dei suoi pensieri, ed invece, avendola debole e sofferente, che egli facesse di tutto sì pur di tenerla viva, ma per amor di sè, non per amor di lei. E perchè, o mi sbaglio di molto, o mi pare di avere in mano bastanti prove della giustizia di questo mio giudizio, così vossignoria mi perdonerà se seguiterò a trascorrere discretamente sui nomi. Già i principi siciliani sono moltissimi."

— O chi ti ha mai chiesto nulla?! — proruppi dentro di me, stirandogli contro il bel sorriso di adesione che si sia mai visto.

Il colonnello si lisciò i baffi e seguitò:

"Era stato un matrimonio disuguale, si capiva bene, se non per nascita, certamente rapporto a fortuna, alla quale la povera moglie doveva forse, oltre il marito, che una parte dei sempre crescenti suoi guai. Nata da una di quelle povere case dove non c'è altro che del danaro (così poca e così misera cosa quando, pei famigliari dissidi o pella malferma salute, non ci si unisca nessuna vera contentezza mai) avevano pensato bene, per cagionevole che fosse sempre stata, di farla educare il più splendidamente che avessero potuto, sforzando così il suo spirito, già attento ed indagatore per sè solo, ad una ginnastica troppo impari al sesso, al corpo ed alla età. È vero che per rilevare che brava e compiuta signora essa fosse, bisognava poterci stare insieme in quella dimestichezza con la quale ci stava io dopo tanti anni di consuetudine, ma questo riserbo era tutto effetto della sua modestia, e ciò nonostante nessuno, per sordo e muto che fosse stato, non avrebbe potuto a meno di osservare quanto essa doveva soffrire, per forzare continuamente il suo umore di ammalata a quella sua così gentile serenità, la quale, per piacevolissima che fosse agli altri, non cessava per questo di dover essere pagata da lei con ulteriore discapito della sua salute. Un po' meno di studi e un po' meno di educazione, e chi sa che non avesse campato!"

"È già morta?" interruppi, tanto per avviare più presto il narratore alla conclusione.

"Ben inteso. E lassù, tre giorni dopo della sua creatura," rispose il colonnello, un po' scandalizzato dalla mia domanda, e fingendo forse di non averne capito l'artifizio.

— Ma a cosa vuol farmi assistere costui? Anche all'agonia? — pensai. — Più che morta cos'ha da essere questa povera donna? —

Sì, aveva altro per il capo il colonnello che di badare a me, ed alla paura di non chiuder occhio in tutta notte, che doveva pur trasparirmi dallo sconcertato sembiante!

"Non appena divulgò la notizia della sua grave malattia," seguitò a dire, "il nostro albergo parve mutarsi di punto in bianco in un sepolcro di viventi. Non più balli, non più concerti, non più numerose conversazioni, nulla! Gli altri pochi Italiani ed io, per dare il buon esempio, ci astenemmo persino di giocare alle carte nel salone, troppo vicino al quartiere della principessa, ma creda pure che non ce ne sarebbe stato nessun bisogno. Tutti, senza parlare della servitù, benissimo sorvegliata dal povero Antonio, tutti, dico, si ritiravano spontaneamente due ore prima del consueto, e tutti, per aver notizie, pigliavano d'assalto o il dottor Kaiser o due suore italiane, venute espressamente per il servizio dell'ammalata, e che apparivano spesso, tacite e frettolose, lungo i corridoi. Già tanto il marito s'era chiuso nelle sue camere, senza più mai lasciarsi vedere.

"Le notizie duravano pessime già da più giorni ed io, alle angustie dell'ansietà, doveva aggiungere la rabbia di dover partire senza recare meco il conforto di una qualche speranza, quando, poco dopo che fu morto il bimbo, si venne a sapere contro di ogni aspettazione che la madre, piangendolo a furia per due giorni di seguito, era come incorsa in una specie di crisi, molto probabilmente benefica. Mi parve di resuscitare anch'io, e non è a dire con quanto giubilo non mi accomiatassi dal dottor Kaiser, il quale mi aveva portato poco prima e la buona novella e gli amichevoli saluti della principessa. Mi alzai prima dell'alba il giorno dopo e presi il biglietto per Milano, quando gli occhi mi caddero sulle due suore di carità, che stavano sul punto di partire anch'esse. Credetti che si fossero date il cambio con altre due consorelle, ed avvicinandole tosto coll'osservanza che è ben dovuta al loro alto sacerdozio, domandai come fosse andata la notte. Con tutto il gran miglioramento del giorno prima, la poverina aveva dovuto soccombere poco dopo il tocco. Partivano anch'esse per non più ritornare.

"Io non ho vergogna a dirlo, io ho pianto come un bambino. Le suore che mi conoscevano per un vecchissimo amico della principessa, mi confortarono del loro meglio, parlandomi di Dio, ed una di esse, che si chiamava Suor Caterina ed era la più vecchia e la più ragguardevole, mi offerse benignamente di sedere nel treno accanto ad esse. Accettai con vera gratitudine, tanto mi piaceva di poter parlare a lungo della mia povera morta, e passato così un buon po' di viaggio nel riandare i più minuti particolari del giorno precedente, mi venne poi la molto ovvia ispirazione di chiedere del marito. La seconda monaca, una toscanella ancor giovane con un visetto semplice e bonario, guardò prima suor Caterina come per chiedere il permesso di risponder lei, e poi giungendo le mani, sciamò rivolta a me: — Quello era un marito, signor colonnello, quello sì che era un padre ed un marito! Io non credo che ci possa essere l'eguale al mondo! — Bisogna dire che la espressione del mio volto abbia reso molto bene la mia poca dispostezza a farmi partecipe di quel tanto entusiasmo, perchè la monachella, pur di ottenere che io mi ricredessi, volle farmene ragione, e mi raccontò un po' prolissamente sì, ma senz'ombra di volontaria esagerazione, la vita ed i miracoli del principe nelle due ultime settimane. La sostanza è questa: due dame francesi si erano umanamente esibite di sgomberare, per benefizio dell'ammalata, il solito quartiere da essa occupato per parecchi anni, ed il marito aveva naturalmente accettato fin dal primo giorno della malattia, ma benchè avesse così quanto posto voleva a sua disposizione, pure, per dodici interi giorni, egli non era mai andato a letto, nè mai si era mosso dalla camera della moglie, se non qualche minuto la mattina per mutarsi i panni. Cotesta camera era così grande e così bella che se fosse stata in uno spedale avrebbe potuto capire benissimo otto o dieci infermi, ed il principe ne aveva profittato empiendola di lettini da giorno, e ponendo la balia accanto alla moglie, con la culla in mezzo. Una terza infermiera borghese, apparsa fin dalla seconda nottata, se ne andava a dormire a casa sua il mattino, e non aveva altro incarico che quello di vegliare le due monache durante la notte, perchè non cedessero al sonno che una alla volta. Ma non ce ne sarebbe stato il menomo bisogno, perchè il principe non si gettava così tal quale a dormire che pochissime ore di giorno, quando cioè, oltre alle suore, vegliava in piedi anche la balia, ed egli, di notte, per non lasciarsi cogliere alla sua volta, stava sempre ritto a capo della culla, col core diviso fra quelle due anime tormentate, come se egli fosse stato il dolore fatto persona. Cotest'ultime furono le precise parole della buona suora, la quale concluse: — Ne trovi un altro, il quale non si fidi mai di sè medesimo, ed esiga sempre, con sagrifizio proprio, che i suoi infermi sieno vegliati continuamente da due persone dell'arte, per paura che una sola venga meno al suo dovere, e dorma! Ne trovi un altro

che regga a vegliare quasi di continuo, e che ciò nonostante non permetta mai che si lasci passare il più piccolo segno di peggioramento senza dargliene avviso, dato che egli o avesse chiuso un occhio, o fosse stato un po' lunge da quel letto e da quella culla! Quante volte s'è dovuto chiamare! Io credo in verità che se la povera principessa fosse stata ancora lei, e non un tronco che soffriva e che gemeva, avrebbe certo sentito più compassione del suo sposo che non di sè. — La giovane monaca era tanto in buona fede che non mi resse l'animo di confessarle il poco effetto delle sue parole, e solamente le chiesi: — Dica un po': ha mutato in nulla quell'uomo quando fu morto il bimbo? — Il primo giorno pareva che ci fissasse, — rispose, — tanto era attonito e quasi istupidito. Poi si riebbe e tutto seguitò tal quale come prima, colla sola differenza che egli andò a dormire la notte in camera sua. Capirà! Noi ci siamo abituate, ma egli aveva già resistito anche troppo tempo, senza sapere che cosa fossero nè un vero letto nè una vera nottata di sonno. — Scambiai subito una rapida occhiata coll'altra suora, e avrei creduto di poter giurare che lo stesso dolente sorriso che le sfiorava le labbra, doveva già ritrovarsi come stereotipato sulle labbra mie. Suor Caterina, come più vecchia e assai più intelligente dell'altra monaca, aveva certo capito prima di me che quell'uomo, già persuaso di dover perdere entrambi i pazienti, si era voluto assicurare la eredità del figlio nel caso che questi fosse morto dopo della madre, e per non esser colto alla sprovvista, aveva empito la camera di testimoni. Gli è andata male e tal sia di lui, ma se il bimbo avesse campato anche un solo quarto d'ora più della principessa, la roba della madre andava al figlio, e morto questo... a chi andava? A lui, al padre, che ora invece, se le carte non fallano, avrà già dovuto restituirne gran parte alla famiglia della sua povera moglie. Ecco perchè quando io sento parlare di affetti domestici che si rivelano con troppe smanie e con troppi strepiti, mi soglio mettere in sull'avviso, e prima di tirar giù tutto, ci guardo dentro bene".
Appena appena una soave capinera, intenta sul far dell'alba ai suoi trilli ed alle sue cadenze, avrebbe potuto fare scomparire la vocina flautata del colonnello, in atto di gorgheggiarmi il suo bieco rondò finale. Quella sottile arte di narrare ogni cosa a suo tempo, con tutta l'apparenza di parlare giù come gli veniva; quella cura incessante dell'effetto drammatico, celata sempre dicendo prima le cose a metà e scemando così l'acutezza delle improvvisate; e soprattutto quel sontuoso spedale, quei testimoni predestinati, quel marito che aveva tenuto in piedi la moglie unicamente per averne un figliuolo, e che poi, avutolo, stava là tutto assorto nella speranza di poter mettere in processo verbale che il bambino aveva respirato cinque minuti più della madre, tutte queste belle cose, dico, mi avevano già ridotto a pessimo partito. Il colonnello dovette compiacersene grandemente, perchè si levò subito in piedi, e mi disse quasi festoso:
"Venga. È tempo di andar a riposare."
"Riposare!!!" sciamai prima di alzarmi alla mia volta, e guardando a terra come un delinquente.
Il colonnello dovette frantendermi di molto perchè rispose subito:
"Sì, io mi son tenuto più che ho potuto, ma nonostante ci ho qui il mio scellerato cuore che si fa sentire, e che ora mi dà una stretta, ora mi pesa quanto una macina da mulino. Andiamo a letto."
Accolsi questa confidenza come s'accoglie, alle frutta, un pero passato da parte a parte. Io aveva dunque innanzi un'altra allegria: un uomo cioè sempre assorto nella cura preventiva dell'aneurisma, e che però, non volendosi eccitare mai e poi mai, vigilava attentamente i propri discorsi con quel suo sistema di chiaroscuro... capovolto. Appena che questi discorsi erano tali da fargli fluire un po' più rapido il sangue, ed eccotelo subito a rallentare possibilmente la eccitazione, con tutti i lenocini della sua flemma a rovescio! Ma che bisogno c'era di venirmelo a dire, domando io? Così la mia goffa probità di referendario mi costringe a ripeterlo adesso, ed io non mi posso levare il gusto di tacere nulla, nulla affatto, al mio dolcissimo lettor curioso. Chi gli è corso dietro perchè si ponesse a leggere? Nessuno, crederei. E non gli basta, e vuole anche sapere i segreti movimenti del colonnello!

C'è qualcuno che ignori lo stemma della Sicilia? Che non abbia mai visto l'arme, l'impresa dell'alma Trinacria? Allora vuol dire che egli non ha mai viaggiato su certi vapori di Florio, tanto quel segno vi rincorre da per tutto, come se fosse un'uggia, una persecuzione, un tic. Ma insomma lo conoscete sì o no? No? E ve lo dico, ma che rispondeste almeno!

Figuratevi lo scheletro d'una ruota con tre soli raggi, senza punto cerchio. Ponete una testa al centro della ruota, fate partire da questa testa tre gambe intere in atto di correre a precipizio tutte tre, e se non vi verrà in mente una girandola animata, ovvero un'idra a tre soli tentori, vorrà dire (beati voi!) che non avete ombra di fantasia. Povera testa! Quanti secoli che rotoli sulle tue tre gambe! Ma anche la mia non rotolava meno, allorchè mi gettai nel camerino e mi posi a sedere sopra uno sgabello ricamato, pur di coprire della mia persona una di quelle teste e tre di quelle gambe.

L'Arabo nel deserto non si getta altrimenti nella sua tenda. Ma la sua è spossatezza, è fatica, e difficilmente gli capiterà un colonnello alle prese colla continua paura d'un accidente, senza il resto. Posai le mani incrociate sopra il grembo, e principiai a far girare i pollici uno intorno all'altro, guardandoli sempre. Dicono che è un buon sistema per farsi venir sonno, ma sarà vero quando il capo non vi giri di già per conto suo; così gira di più. Smisi presto, e passai in rassegna da star seduto la suppellettile del camerino.

Florio non voleva che si rompesse nulla durante la burrasca, e aveva stretto, legato, accerchiato ogni cosa, dalla più piccola alla più grande, principando dal lume, dal bicchiere, dalla bottiglia, perchè tutto stesse ben fermo con qualunque vento. E poi mi ci pianta sopra quella testa matta che va rotoloni, e quelle gambe che corrono all'impazzata in giù e in su. Vanno bene i contrasti, e mi piacciono, ma discreti. Il moto vertiginoso sulla roba legata perchè stia ferma, ma che mi canzonate!

— Dunque è là, in una di quelle cuccie che devo dormire? — dissi tra me e me, guardando ai tre lettini uno sopra l'altro, con in mezzo quanto spazio appena ci voleva per poterci entrare. — Questo è dunque un camerino che in caso di bisogno deve bastare per più dormienti, pigiati uno sull'altro come nei tre cassetti di un canterano... In quale mi devo stendere? Giù no, mi parrebbe di avere due persone addosso. In alto nemmeno: c'è da rompersi una gamba nel salire o nello scendere. Dunque in mezzo. Che cuccie strette, Dio clemente! Se fossi di buon umore, mi parerebbero tre lettini da bambola, lunghi quattro volte il naturale; ora invece, colla mente invasa dal principe, dalla principessa e dal bambino, mi paiono tre cataletti. Sì, tre cataletti di acagiù in aspettazione di pigionali nel più adorno, anzi nel più sontuoso di tutti i colombari. Più sontuoso ancora dello spedale di Ragaz!... Ma guardate un po' cosa vado a pensare! Ora che ho lì il guanciale del mio riposo che m'aspetta, ora che ho bisogno di liete imagini e di ridenti sogni. Vediamo. Il principe non si è mai spogliato per andare a letto, ma io mi spoglio. Oh se mi spoglio! Il cappello qui sopra la testa, il vestito là sulle tre gambe... Ma che notti orrende deve aver passato quel birbaccione! Può ben dire che non è già Branca Doria soltanto il quale sia stato all'inferno da vivo!... A letto, a letto. Si stenta un po' a passare, ma è colpa mia perchè son grosso. Già Branca Doria è morto davvero, e il principe, se non è morto, morirà... Dio come si va giù! Dio Dio che lettino soffice e come si va giù nel profondo! Ma perchè?... Ah ho capito, per non cadere a terra quando il vapore balla. Non c'è che quella testa la quale non cada mai, perchè ha una gamba pronta da tutte le parti. Ma io per questo dovrò giacere così incassato? E come faccio a pigliarmi da bere? Se mi metto seduto, do del capo nel cataletto di sopra, e se allungo un braccio di quaggiù, o non arrivo il bicchiere o mi bagno tutto. Oh poveretto me! —

Mi misi fermo fermo cogli occhi chiusi e colle braccia incrociate sul petto, come quei vescovi (in effigie) che stanno lunghi distesi nei pavimenti delle antiche basiliche, e poi mi venne un po' ripensato a Stenterello quando era a letto, e aveva paura del morto dal mantello rosso. Ma non fu che un lucido e brevissimo intervallo, prova ne sia che subito dopo caddi come se piombassi in quella atonia soporosa, o piuttosto in quella specie di catalessi incipiente, che suole tener dietro alla grande stanchezza dello spirito, senza però aver nulla che fare colla dormiveglia. Mi sarebbe impossibile di

poter dire se abbia durato un minuto primo ovvero assai più, perchè quello stato delizioso suole troncare subito e di pianta ogni più lontana percezione di tempo, bensì posso dire, come se fosse cosa di ora, che a me è sembrato durare un secolo almeno. Io non aveva punto smarrito la mia coscienza individuale (come accade sempre anche nei sogni, durante i quali uno può credersi mutato in cane, senza mai perdere per questo la fermissima idea che fu lui, proprio lui, quel tale che si mutò), ma i casi della principessa, poco prima uditi e che mi bollivano ancora nel cervello, mi apparvero subitamente con una sola e per me terribile inversione, quella dei sessi, mercè della quale poterono acconciarsi alla persona mia. Io rimaneva me medesimo, colla sola giunta di una grave malattia addosso, e aveva accanto al letto una mia misera bambina, più malata del suo povero babbo, mentre un angelo di donna, dagli occhi bianchi e vitrei come quelli dell'idra (mia moglie probabilmente), stava ferma in piedi a guardarci entrambi, per veder bene chi della bimba ed io se ne volava il primo verso il Creatore. Avrei voluto gridare, ma la voce, nonchè fioca, era spenta, e fu soltanto dopo uno sforzo grandissimo, e che mi parve anche lungo, che potei cacciar via le coltricine, e ripensare, ansando, alla mia povera serataccia. La prima ispirazione che mi venne fu quella che la natura, sempre logica, suole suggerire agli sventuratissimi perchè stieno un pochino meglio, e cioè di picchiarsi forte delle pungna sulla fronte... pestata bene la quale mi appoggiai sopra d'un gomito e lì, tra disteso e seduto, proruppi:
"Devo rimanere così? Con quella gioia di moglie a tre tentoni a canto della cuccia, e con quella mia povera bimba che ha già voltato gli occhi? Io no."
E mi vestii di nuovo, tutto bastonato dal capo alle piante, per poi riaffacciarmi nel salone, mentre uno dei Messicani, che dormiva nel camerino accanto al mio, ripeteva più volte da sè solo: "Mañana, mañana!"
"Mañana! Ma ci arriverò poi a mañana io?" mi chiesi tastandomi il polso. "Dio mi scampi dal guardar l'orologio, ho troppa paura di sapere che ora è; ma se lo guardassi, metterei il capo che batto più di cento pulsazioni il minuto."
E mi misi a girare avanti e indietro nel salone, allungando certi pugni verso il camerino del colonnello, che meschino lui se lo avessero arrivato bene. Poi l'ira cedette all'irrequietezza, e passai, per mutare, nel salone dei secondi. Buio anche lì. La luna era già alta sull'orizzonte, e la luce che veniva dai finestrini bastava appena per non dare degli stinchi negli sbagelli. Nullameno c'era di buono che si poteva imaginare una Sicilia con le gambe a posto. E due sole, non tre. Ma un acuto lamentio, come un duplice e miserrimo guaito, mi lacerò le orecchie fin dai primi passi. Veniva dal camerino dei due coniugi cantanti, che russavano a gara, l'una in fa diesis e l'altro in fa bemolle. Tesi le braccia in alto, e gridai forte più che non dicessi:
"Ma cos'hai con me questa notte? Mi hai preso per un olocausto che debba soffrire per la comune salvezza? Guarda. Quelli russano in ottava alta, dunque dormono; i Messicani sognano di "mañana", dunque dormono; Graf è sparito, dunque dorme; il colonnello non dà segno di pensare all'aneurisma, dunque dorme; il cava..."
Fu soltanto una mezza parola, ma fu come il primo raggio della misericordia di Dio. Mi risovvenni subito degli occhi desiosi del povero baio, quando mi supplicava di restargli accanto, e accesi un dopo l'altro quanti cerini aveva in tasca, per frugare in tutti i cantucci, per tentare tutte le serrature. Avrei voluto graffiare un po' di zucchero, un po' di biscottini, un po' di pane almeno, tanto per non arrivare sopra coperta colle mani vuote, ma quel tirchio di maggiordomo avrebbe inchiavato anche l'anima sua, se fosse stata roba da mangiare. Non trovai nulla.
— È tanto buono che sarà anche disinteressato, — pensai nel risalire la scaletta e nell'affacciarmi di nuovo a riveder le stelle. — Eccolo là tal quale con la testa fuori. Lo sapeva bene io che non avrebbe potuto dormire nel suo strettoio. Che debbo fare? Passargli accanto indifferentemente per fargli rivenir voglia della mia compagnia, e per vedere se mi guarda ancora allo stesso modo? No, è una bestia e non c'è bisogno di malizia. L'unica è di parlamentare ingenuamente.

Me gli posi dirimpetto a quattro braccia di distanza, e gli dissi:

"Sei in collera? No, eh? Sai benissimo che io voleva rimanere, e che è stato il tuo padrone che mi ha condotto al macello per tutta quanta la serata. Caro quel tuo padrone! Ti lusinga ora perchè t'adopera, e quando invecchierai, ti venderà. Ti venderà lontano lontano, per paura di rivederti, e di rinnovare l'affetto. Se ne intende lui di queste paure, tant'è vero che ha capito subito per che ragione quel tale isolano seguiti a lasciare il Tirreno fra sè e sua madre. Ma a noi due coteste idee non possono venire mai, nemmeno in tutta quanta l'eternità, perchè siamo più buoni di lui, e ci vogliamo bene per amor del prossimo, niente per altro. Non è vero che ci vogliamo bene?"

E gli andai incontro con le braccia aperte. Esso mi guardò in viso senz'ombra di paura, poi allungò il collo, indi le labbra, indi la lingua, scrollandosi tutto, ed anitrendo amabilmente come se avesse voluto rispondermi. Gli andai sotto, lo presi per le nari, e ci baciammo in bocca tenerissimamente.

Esso aveva capito ogni cosa.

Sì, lo so, c'è qualcuno che sogghigna. C'è qualcuno che non crede. Ma io so anche benissimo chi è, e non me ne importa nulla. Già tanto la curiosità e la mala fede sono cugine tra loro, se non sorelle. Venga avanti, cotesto noto e curiosissimo lettore, e mi provi un po', se gli riesce, che il cavallo non aveva capito ogni cosa!... Tace? Ovvero non sa dirmi altro che le bestie in mare soffrono il più per la penuria d'acqua, e che tutti quei segni sono stati segni di sete? Io dico invece che era adesione. Io dico invece che era simpatia. Vale tanto il suo no come il mio sì.

Posai la bella testa sopra la mia spalla, come aveva fatto il suo padrone, e lì, colla gota ferma sulla sua ganascia, e stringendolo strettamente pel collo, seguitai a dirgli:

"Oh se tu sapessi, mio carissimo amico, che po' di serpenti sieno certi uomini, ti assicuro io che ti balzeresti di sella tutti, per paura che te ne capitasse uno. Tu sei buono, tu. Tu hai preso dai tuoi maggiori ciò che essi t'han dato, e l'ampio petto, e l'agili gambe, e la morbida e lucida criniera, ma nè essi sapevano di darti nulla, nè tu ti sei mai sognato di chiedere di più, e il sudicio fantasma della eredità non si è mai interposto fra tutti voi. Beatissimo te! Io rimango teco fino che spunta il sole. So già abbastanza cosa m'è accaduto a doverti abbandonare la prima volta. Quando si tornerà a sentire odor d'uomo intorno a noi, mi chiuderò a chiave nella mia bolgetta, e chi mi vedrà spuntare avanti che ci fermiamo in golfo, quello potrà ben dire di essere stato battezzato due volte. Da bravo, raccontami qualche cosa anche tu."

Quante me n'ha contato, povero baio. E ch'era inglese; e che il nostro clima gli si confaceva poco; e che si ricordava bene della sua mamma, più bella di lui; e che i suoi fratelli maggiori gli avevano dato di grandi calci; e che voleva molto bene alla regina Vittoria. Ma già tanto quel così fatto signore mi ride dietro. Egli non pensa che io aveva forse un po' di febbre ancora, e che se anche il cavallo taceva, mi poteva benissimo parere che parlasse. Egli non riflette che quando una bella cosa pare vera, la meglio che possiamo fare è di credere che sia. O chi ne ha colpa dunque se egli non pensa e non riflette a nulla?

Io ci ho creduto, e fu assai ben per me. Tanto bene che dopo un quarto d'ora di conversazione ci appisolammo adagio adagio, così in piedi tutti due come eravamo, ed uno appoggiato all'altro come due anime sante. Fu un attimo solo, probabilmente, ma che attimo di paradiso! Ci svegliammo assai più leggeri, assai più riposati, assai più freschi di quel che forse non eravamo entrambi prima di salire in vapore, ed esso principiò subito a scalpicciare allegramente l'impiantito, mentre io, per mantenerlo di buon umore, gli faceva il solletico alle orecchie.

A un tratto queste orecchie si voltano a furia dentro le mani mie.

"Non ti spaventare," gli dissi, chiudendogli un pochino i begli occhioni lucenti. "È il fischio del nostromo che muta la guardia lassù al timone. Ecco infatti l'orologio accanto alla bussola che ronza come un calabrone per poi sonare. Una... Due. O che flemma, che flemma! Tre... Quattro. Pare il tuo padrone quando gli salta la stizza. Cinque... Le cinque? Al buio? Sei!!... Ma che sei son queste?? Sette!!! Misericordia, non è che mezzanotte!... Se lo avessi saputo prima ti assicuro io che ci rimaneva. Ora invece che son qui con te, ci ho quasi gusto, guarda. Dicevamo dunque che vuoi molto bene alla regina Vittoria. Ti fa onore. Buon segno. Ma sta un po' quieto con quelle zampe, da bravino..."